「こんばんは」
「いつもニコニコ
あなたの隣に這い寄る混沌、
ニャルラトホテプです」

「……普通だ」
思わず呟いてしまう。
定番の卵焼きにはネギが入っており、中心部が
半熟で仕上がっている。メインは唐揚げのようだ。
他にもアスパラガスのベーコン巻きやミニトマト
で彩りを演出している。

「どうです、ちょっとしたものでしょう」

「……ニャル子、好き」
「はあっ!?」

這《は》いよれ！ ニャル子さん

逢空万太

GA文庫

カバー・口絵　本文イラスト

狐印

目次

序

八坂真尋《やさかまひろ》は夜道を駆けていた。

今は何時だろう。分からない。月の高さでおおよその時刻を計ろうにも、肝心の月が雲に隠れている。その為《ため》、ただでさえ暗い夜道がより一層闇《やみ》に包まれていた。それでも、自分の夜目だけを頼りに、息急《いきせ》き切って逃げる。

そう、逃げる。

真尋は追われていた。何にかは分からない。月が籠《こも》りっぱなしのこの暗さでは、追っ手の輪郭すら定かではない。加えて、なぜ追われるかも。

全速力で走りつつ、どうしてこうなったかを思い返してみる。

学校で出された相当量の宿題を何とか終えて、歯を磨《みが》こうとしたところで歯磨き粉が切れている事に気付いた。近所のコンビニエンスストアに買いに行って、帰路《きろ》に就いている途中で、ふっと月が隠れた。

そして目の前に立っていたのだ。いや、立っていたという形容も正しいのかどうか不明だ。

ただ分かるのは、何だか得体の知れない影のような雰囲気が目の前を覆っていた事。その瞬間は変質者だと思った。最近の変質者は相手が男でも見境ないらしい。が、すぐに思い直した。それにしては、現れた影があまりにも異様に感じられたからだ。

そうして踵《きびす》を返して疾走して、今に至るのだが。

周囲には真尋の足音が響いている。真尋だけだ。本来ならもう一組あるはずの足音が聞こえない。なのに、背中から伝わる気配だけは確実だった。

「なんっ、なんっ、だよっ！」

かれこれ十分ほどは走っている。身体《からだ》が酸素を求めてやまない。肺活量だけはクラスの中で一番だった真尋だが、そんなタレントは冷静な日常では発揮できこそすれ、異常な状況下では役に立たなかった。

それに、おかしい。

家とは逆方向に逃げたとはいえ、それは最初だけだ。近所の道は知り尽くしている。大きく迂回《うかい》して家に辿《たど》り着くルートを通っているはずなのだ。それなのに、未《いま》だに自宅の近辺には到達できていない。

それどころか、今走っている道がまるで見知った感じがしないのだ。暗い視界のせいではない。異国の地に踏み入れたような、まったく知らない路地が広がっているように思えた。

追っ手の気配はまだ続く。最初の頃《ころ》よりペースが落ちている真尋に、速度を合わせているよ

うにも感じられる。狩りを楽しむ狩猟者のような、趣味の悪さ。

「はっ、はっ、だっ、誰《だれ》かぁっ！」

疾走しながら、叫ぶ。これで何度目だろうか。しかし、助けを呼ぶその声も夜の空気に散っていく。大声を出しているのに、先ほどから誰一人として家の窓すら開けない。いくら何でもそれはおかしい。家から出てこないにしても、外の様子を見るくらいはしてもいいはずだ。

もう辺りは、まったく見覚えがない風景と言ってよかった。これは本当に現実なのか。悪い夢を見ているのではないか。そんな思いが真尋の胸中を駆け巡《めぐ》る。

追跡者の気配が消えない。背筋に怖気《おぞけ》が走る。全力疾走して身体が火照《ほて》っているはずなのに、冷や汗が止まらない。混乱して、上手《うま》く考えがまとまらない。

成り行きのまま、目に付いた角を曲がる。

瞬間、しまった、と思った。ただでさえ見通しの困難な夜の路地なのに、さらに光量が少なくなったようだった。それでも踵を返すわけにもいかず、どうしようもなく前だけを見てひた走るしか道は残されていない。

そして、終わりは唐突に訪れた。

デッドエンド、行き止まり。まるで漫画の展開のように、そこは袋小路《ふくろこうじ》になっていた。ご丁寧《ていねい》によじ登れそうにない高い塀《へい》まで付属してきた。バリューセットすぎて泣けてくる。

ぜひゅー、と喉《のど》からは酸素を求めて喘《あえ》ぐ声。真尋は壁に背中をもたれて、座り込んだ。

今来た道は、何もない黒さだけが広がっている。何もないのだ。横を通ってきたはずの民家も、足を踏み締めてた道さえも。それなのに追っ手の気配だけは、背筋も凍りつくような嫌な感覚だけは、絶えず続いている。それどころか、それはだんだん近付いてくる。大きくなってくるのだ。

そして、目の前までその気配は到達した。

不意に、光が差し込んだ。

上から？

追い詰められているのに、真尋はぼんやりと首を上げた。

月。今まで雲に隠れていた月が、丸く大きな姿を輝かせている。陽光よりも遥《はる》かに弱々しい月光と言えど、周囲の闇を切り裂くには十分すぎた。

「ひっ……！」

真尋は鋭く息を飲み込んだ。

真尋の視線の先、月明かりに照らされた追跡者の姿。

四肢がある、という事で辛《かろ》うじてそれが人型だと分かる。辛うじて、というのは、それの背中に大きな一対の翼が見えたからだった。翼、というよりは、羽根。しかも蝙蝠《こうもり》のような、筋張った鋭角的なフォルムだ。

頭と思《おぼ》しき部位には、突起が生えていた。角のようなそれは、しかしあらぬ方向へ捻《ねじ》れていて、左右非対称だ。長さもちぐはぐだ。羊や山羊《やぎ》の角の方がまだ均整が取れている。

全身は夜空よりもなお深い黒。それなのに表面が月光を受けてつやつやとしている。まるでゴムか何かのような光沢だ。そして、体長は周《まわ》りの塀よりも高い。目測などあてにならないが、二メートル以上は優にあるだろう。

そんなあからさまに怪物然とした追跡者が、目の前に立ちはだかっている。

真尋の恐怖はピークに達した。

「誰かっ、誰かぁぁぁっ！」

喉の奥から、腹の底から。真尋は頭を抱えて、生涯で一番大きい声で叫んだ。

「はーい」

緊張感のない響き。

はっとして、真尋は顔を上げた。

そこには、数秒前と変わらない化け物の姿がある。

いや、違う。わずかだが、決定的な違いがあった。

化け物の腹から、手が生えている。

その手は化け物の腹部で、手首を捻《ひね》るような動きを見せた。そして指の一本一本まで手の平を大きく開いたかと思うと、ぐっ、と勢いよく握り込んだ。

瞬間。

黒い巨体が、何の前触れもなく爆発した。その身体を構成しているであろう黒い霧のようなものが、周囲に飛び散る。微細な粒子はそのまま風に流されて雲散霧消した。

——たす、かった？

茫然《ぼうぜん》と、真尋はその光景を見つめた。

何かがいる。追跡者が弾《はじ》けた場所に、腕を突き出したまま静止している、誰かが。恐らくは、先ほど化け物の腹部から生えていた腕の、持ち主。

月の淡い輝きが、それを照らす。

人。

人のようだ。

件《くだん》の怪物とは比べるべくもない、小柄な体軀《たいく》。輪郭は間違いない、ごく普通の人間のようだった。月光を受けてきらめく銀髪を、ストレートに流している。

真尋は目を疑った。それは自分と同じ年頃の少女に見えた。そんな人間が、あのような化け物を瞬《またた》く間に消し飛ばした？

頭が混乱している真尋に、その少女はにっこりと微笑《ほほえ》みかけてきた。

「こんばんは。いつもニコニコあなたの隣に這《は》い寄る混沌《こんとん》、ニャルラトホテプです」

嫌《いや》なキャッチフレーズだった。

1. 第三種接近遭遇

ぼりぼり。

くしゃくしゃ。

ぽいっ。

びりり。

ぼりぼり。

くしゃくしゃ。

ぽいっ。

びりり。

「おい」

たまらなくなって、真尋《まひろ》は目の前でスナック棒菓子をエンドレスに食い続けている銀髪の少女に声をかけた。心持ち低めに、ドスを利かせて。

「はい？　あ、お茶いただきますね」

答えも聞かないうちに、少女は真尋のペットボトルを奪い取って一息で飲み干した。一応、間接キスになると思うのだが、少女に恥じらう様子はちっともない。そんな光景を目に、真尋はこうなった経緯を改めて反芻《はんすう》した。

あの後、気が動転していた真尋を、この少女は家まで送ってくれたのだ。真尋が化け物から逃げ回っていた時には迷宮と化していた町内だったのに、まるでまやかしが解けたかのように、至って簡単に帰路に就けた。

そうして訳も分からないまま、とりあえず居間に上がってもらった。のだが、先ほどから駄菓子を食べる手が止まらない。どこに持っていたのかは知らないが、気が付けば大量の駄菓子ではちきれんばかりのビニール袋がテーブルの上に置かれていたのだ。

「美味美味。これだから地球の駄菓子はやめられませんな。特にこの人知を超えた強度のたこ焼き味なんて！　あとこのワザとらしいハンバーガー味！」

「なあ」

「はい？　あ、テレビ見させてもらいますね」

真尋の返事を待たずに、少女は勝手にリモコンを操作してテレビをつけた。やっていたのは深夜アニメだった。ブラウン管の中では、鋭角的な漆黒《しっこく》のボディスーツに身を包んだ特撮然としたヒーローが、敵に飛び蹴《げ》りをかましている。

「うおお、パイルエクゼクター炸裂《さくれつ》！　燃えますわー！　あ、真尋さん、ちょっと横にずれて、頭で見えません」

「…………」

真尋は無言で箸《はし》立てからフォークを摘まみ上げた。

ぐさ。

テーブルの上に置かれていた少女の手の甲に0《ゼロ》フレームで突き刺す。

「うおおっ!? ささっ、刺さった！　刺さった！」

びくん、と少女の身体《からだ》が跳ねる。が、真尋は気にせず再びフォークを振り下ろした。

まだ突き刺す。

さらに突き刺す。

小さい頃に大人に騙《だま》された十六連射ばりに突き刺す。

「な、何をしますか真尋さん！」

「人の話を聞かんかボケがぁ！」

最後にひときわ大きくモーションを取って、超思いっきり突き立てた。

「ひぎぃ！　らめぇ！　血が、血がぁー！」

真尋が手を止めると少女は涙目になって、血の玉が浮き出た手の甲を舐《な》め始めた。

「うるさい黙れ次は包丁だぞ」

「……はい」

本気で言ったのが分かったらしい。少女は額から汗を一筋流しながら、真剣極まりない表情をして見せた。

深呼吸して、真尋は少女に詰め寄る。

「いったい何なんだあの化け物お前さっきは助けてくれたのかお前あいつが何だか知ってるのかお前何で僕が追われなきゃならないんだよお前だからテレビ見てんじゃねえよお前物食う手を止めろお前！」

「ちょ、落ち着いてくださいよ真尋さん」

「それだよ。何でお前、僕の名前知ってんの」

「そりゃ、護衛対象のプロフィールくらいは知らないと仕事になりませんでしょが」

「は？」

仕事、という単語が聞こえたような気がした。化け物に追われ、異世界染《じ》みた路地を経験して、ここで仕事という現実的な言葉が出てくるとは思わなかった。

「あ、先ほどもご挨拶《あいさつ》しましたけれど、私はニャルラトホテプと申します。這い寄る混沌なんぞをやっています」

銀髪の少女は正座をして、三つ指を突いて丁寧にお辞儀《じぎ》をした。初夜の新妻《にいづま》のようだ。

「ニャルラ……？　って、ちょっと待て。その名前って」

「おや？　真尋さんはご存じで？」

ニャルラトホテプ。真尋は確かにその単語を知っている。真尋だけではないだろう。この単語に反応を示すものは、等しくとある作品群を連想する。

すなわち、クトゥルー神話。

二十世紀、アメリカの小説家であり詩人でもあるハワード・フィリップス・ラヴクラフトによって生み出された怪奇小説群、それがクトゥルー神話と呼ばれるものである。群、というのはそれらが著者のラヴクラフトだけに留《とど》まらず、別の作家達にまで波及したからだった。とある作家が作品内で登場させた人物やアイテムなどが、別の作家の作品にも共通して登場したりと、個人の創造物が個人の中で完結せずに、他作品、他作家にあたかも出張のように影響を及ぼす。ラヴクラフト自身もそれを咎《とが》めようとせず、むしろ楽しむように自分も他作家の創造物を自作品に取り入れていったものだから、彼らの怪奇小説は加速度的に膨張していった。増殖と言ってもいい。

ラヴクラフトのみならず、他作家のそれらを総称して、クトゥルー神話と呼ばれる。もっともこれはラヴクラフト没後の後年に名付けられたものなので命名に反対する者もいるが。そして内容的には、概《おおむ》ね宇宙的な恐怖や人間には到底抗《あらが》えない強大な神々を描いたものである。この神話における人間は本当によく死ぬ。まるで人がゴミのようだ。子供が投げた石ころに当たって死亡するといった生易《なまやさ》しい神は存在しない。見た瞬間に発狂するようなハードな邪神ばかりである。

そしてニャルラトホテプとは、そんな邪神らの中でも相当高位に位置する存在だった。

そんな這い寄る混沌を名乗る者が、目の前にいる。とても邪神には見えない、ごく普通の少女だ。強《し》いて特別なものを挙げるとすれば、透き通るように銀色が冴《さ》える長い髪と、碧《あお》い瞳《ひとみ》くらいだろう。それも外国人だと言えば疑う人間はいない。

しかし、真尋は見てしまっている。先ほど我が身を追っていた深い闇色《やみいろ》の怪物を。そして、路地の行き止まりで怪物を一撃の下《もと》に爆散せしめた少女を。それらを夢と断じるには、今この瞬間にもリアリティがありすぎた。

それでも、疑わない事と信じる事はイコールではない。真尋は怪訝《けげん》の視線を少女に送る。

「いやん、そんなに見つめられると胸キュンしちゃいますー」

「包丁持ってくるぞ」

「スミマセンゴメンナサイモウシマセン」

「何なんだお前」

片言《かたこと》でわざとらしく喋《しゃべ》り出す少女に、真尋は溜息《ためいき》をついた。先ほどから話がちっとも進んでいない。

「って、それにしても真尋さん、よく私の名前を知ってましたね」

「ん、ああ。ゲームとかでよく出てくるから興味湧《わ》いて。原作小説も一通りは読んだから」

「それでも、高校生が読むには重いと思うんですが」

クトゥルーに限らず、古来より神話というものは物語であるがゆえに、娯楽と親和性が強い。ゲームやエンターテインメント小説の題材にも数多く使われている原典だった。とはいえ、普通の神話とは違いクトゥルー神話は主にコズミックホラーに重きを置かれているし、元々が海外の翻訳小説なのでお世辞《せじ》にも読みやすいとは言えない。確かに銀髪の少女が述べたように、高校生が興味本位で読むには荷が重いかもしれない。

「でも、ニャルラトホテプって。僕の知ってるイメージじゃ、もっとこう、モンスターっぽいのだぞ。触手が蠢《うごめ》いてたりとか、吐き気を催《もよお》す色した霧とか」

「お望みであればその姿にもなれますが……ＳＡＮ値が下がりますよ？」

「下げんでいい下げんでいい」

想像するだにおぞましかった。

「しかし、予備知識があるのであれば話が早いです。それでは、此度《こたび》の案件の顛末《てんまつ》を順を追って説明しますね」

「うん」

ようやく本題に入る事ができる。真尋が頷《うなず》くと、自称這い寄る混沌は赤い舌を出して、ぺろりと唇を湿らせた。そのまま深呼吸をしてから、改めて真尋に向き直る。

少女の口が開いた。

「私ことニャルラトホテプが、あ、ニャルラトホテプって呼ばれますけど本名はちゃんとありますからね。で、私が地球に来たのは仕事なんですよ。これでも宮仕えなもので。いや、これがまた上司は居眠りばっかりこく癖《くせ》に人使いが荒い人でして、なのに自分が起こされると宇宙が吹っ飛ぶくらい怒る人なんですよ。理不尽ですよね。理不尽漬けですよね。まあそれはそれとして、私が使命を帯びて地球に大気圏突入した理由ってのは、色々ありますけど一つにはとある地球人の護衛があるんです。とあるってのは、もうお分かりでしょうが八坂《やさか》真尋さん、あなたです。あなた。ドイツ語で言うとディッヒ。何で護衛が必要かというのも、さっき体験しましたでしょう。あの怪物に真尋さんは狙《ねら》われているわけですよ。正確にはあの怪物を使役している黒幕って奴《やつ》にです。英語で言うとブラックカーテン。先ほど理由の一つと申しましたけど、地球に来た理由は当然まだ他にもありまして。この地球っていうのは宇連、宇宙連合におけるレベル員数外、いわゆる保護惑星に属していまして。文明未成熟の為《ため》に他の高度発達した文明が接触すべきではないと判断されています。本来なら地球で言うところの宇宙人というのはこの星に来てはいけないんですよ。しかしいつの世にも法の網を逃れるアウトローが存在するんです。お分かりですね、先ほどの怪物なんかはその類《たぐい》です。私はそういう連中を取り締まる為、また保護惑星の文明醸成《じょうせい》に余計な外的要因を与えない為に、星から星に泣く人の涙を背負って宇宙の始末をしているわけですよ。これが私の所属している宇宙連合の惑星保護機構です。何だかSFっぽくなってきましたよね。だがそれがいい。で、ここからはオフレコなんですけど、実は真尋さんを狙う奴というのがこれまたあくど」

「長いんだよ切って喋れよ速射砲かお前は！」

最初こそ我慢していたが、臨界点を超えた真尋は少女の声を遮《さえぎ》った。確かに状況判断をする為の情報を望んだのは真尋だ。しかしこうも固有名詞や重要そうな語句を説明もなしに、サブマシンガンのように連発されては脳の許容範囲をオーバーしてしまう。

「え、だって、ほら、海外の翻訳小説にもあるじゃないですか。一個人の会話文が何ページにも渡って続いて、段落も一切変えないというケースが」

「ここは日本だ馬鹿《ばか》たれ」

「え、では下半分がメモ帳に使えるくらいゆとり教育で行った方がいいんでしょうか」

「極端なんだよ！　自重《じちょう》しろ！」

真尋が睨《にら》みつけると、自称這い寄る混沌は肩を落としてしょんぼりとした仕草を見せる。が、騙されてはいけない。目の前の少女があのニャルラトホテプであるとすれば、三度の飯よりも嘲笑《ちょうしょう》が好きな存在だからだ。表面上ではしおらしく振る舞っていても、心の中ではどんな悪態が渦巻いているかも分からない。

「うーん、致し方ありませんね。じゃあ難易度ノーマルでお話しますね」

「今まではハードだったのか」

殴りたくなってきた。衝動的に握り込んだ拳《こぶし》を何とか自制して、真尋は少女の言葉を一字一句漏らすまいと耳を傾ける。

「えっと。まず発端は、我々の惑星保護機構がある情報をキャッチした事でした」

「惑星、保護？」

「ええ。例えばここの星でも、希少動物を保護する機関がありますでしょ。それのすごいバージョンです」

　ボキャブラリーの貧困《ひんこん》な説明だった。

「って、それってまるでお前が宇宙人みたいな事を」

「宇宙人ですよ？」

　あっさり言われた。しかし目の前の生物はどう見ても人間の少女だ。真尋の知っている宇宙人はスーパー系で言うと触腕で歩行するタコだったり、あるいはリアル系だとグレイだったりといったものしかない。

「宇宙人、って」

「いや、あなた方の基準で言えば地球外知的生命体なので宇宙人になりますでしょ」

「そりゃ、そうだろうけど。でも、お前の言葉がもし、万が一、何無量大数分の一の確率で本当だったとしても、お前ニャルラトホテプなんだろ？　闇に吠《ほ》えるものなんだろ？」

「やけに低確率を強調してますね、この人は。いや、まあ、確かに私もたまに衝動的に闇に吠えたくなりますけど」

「そんな大邪神が、実は宇宙人でしたってオチなのか？」

「平たく言えばそうなります」

あっさりと頷かれてしまった。

真尋はふと立ち上がり、ソファーの脇《わき》に置いてあったクトゥルー神話読本を掴《つか》んだ。初心者の入門ガイド的な解説本で、挿絵も多くて大変読みやすい。その割には内容的にもディープで、インターネットの書評サイトでも高い評価を得られていた本である。

その本を少女に突きつけ、真尋は表紙を指差す。そこにはおどろおどろしい触手の絡み合った、円錐《えんすい》のフォルムを持つ固体が一対の翼を広げている生々しい絵が描かれていた。寝る前に子供に見せたらマジ泣きされそうだ。

「こんなのも宇宙人？」

「そんなのも宇宙人」

全肯定された。

「宇宙人って証拠は」

まだだ。まだ自分は納得できていない。ここまでなら、まだ目の前の少女が頭のネジが五本くらい緩《ゆる》んでいるだけの虚弱貧弱無知無能な人の子かもしれないのだ。決定的なものを見せられなければ、真尋は信用するつもりはない。

「うーん。証拠ですか。身分証明書なんてお見せしてもどうせ信じてもらえないでしょうしね。あ、でも一応見ます？」

自称闇に吠えるものはポケットから何かを取り出した。それは一枚のカードに見える。それを、真尋の前に差し出す。

受け取って表面を見る真尋。

そこには、猫が三匹くらい学ランを着て、後ろ足二本で直立してメンチ切っている光景がプリントされていた。ご丁寧に「なめんなよ」と見事な行書体で書かれている。

真尋はカードを床に叩《たた》きつけた。

「お前、歳《とし》いくつだよ」

「いや、これ知ってるあなたも何歳ですか」

「なめてんのかこら」

「ノーノー、イッツジョークね！」

片言の英語だった。

「やっぱり証拠なんてないんだろ」

「そりゃ宇宙人だって証拠は難しいですが……なら、逆に考えるんです。地球人にできそうにない事をすれば宇宙人だと考えるんです」

「地球人にできない事？」

「ええ。あ、真尋さん！　後ろ危ない！」

突然大声を張り上げる少女に、真尋はびくりと身を震わせた。

言われるままに、後ろを振り向く。

が、そこには相変わらず深夜アニメを放送しているテレビだけがある。ブラウン管の中では、魔法少女がプリティなステッキを持って敵に密着して0距離《ゼロ》から魔法を叩き込んでいた。とてもえげつなかった。

しかし、何もない。這い寄る混沌が言うような危ないものなど、どこにも見当たらなかった。

「何だよ、何が危な——」

向き直って、真尋は言葉を失った。

目の前にいる少女が、真尋に穏やかに微笑《ほほえ》みかける。その顔が、今見た魔法少女と同じ表情になっていた。二次元から三次元にそのまま変換したらこうなるのではないか、そう思うほどにそっくりな顔立ち。そのくせ服装だけは先ほどまでの銀髪の少女とまったく同じだ。まるで首から上がそっくりそのまま挿《す》げ替わったかのようだった。

「まあ、こんな感じで」

声もアニメと一緒だった。

「え、あ、え?」

現実と虚構の少女達を見比べる。平面と立体の差はあれども、目を疑うほどに一致した造作だった。

そのうちの現実の方の少女が、顔を手で覆う。

その一瞬。瞬《まばた》き一つの短い時間で、ニャルラトホテプの顔は初めて会った時からの銀髪碧《へき》眼《がん》に戻っていた。

「まあ、無貌《むぼう》の神ですから姿形くらいは簡単に変えられますよ。これは単なる顔芸なんですけど、まあこんなんでも地球人には無理ですよね？　マジシャンだとか突っ込まないでくださいね、余計話が長くなりますから」

先手を打たれた。だが、手品にしては動作が早すぎるし、間近で見た表情は生々しすぎた。確かに、これをマジシャンができるかと言うと少し自信がない。

「じゃあ、本当に宇宙人？」

「ですから先ほどから申し上げてますでしょ」

「いや、でも、うーん」

「ああもう、脱線してしまったではありませんか。取りあえず私、宇宙人。オーケー？」

「う、うん」

強引に納得させられてしまった。否定したいが否定材料に乏《とぼ》しい現状では、少女の話に首肯するしかない。

「ええと何だっけ。ああそう、惑星保護の話です。さっきも申しました通り、地球は保護されているわけです。文明レベルが水準以下なので」

「水準以下？　地球が？」

「そうですが、何か？」

そう面と向かって言われると、わずかな反骨心が芽生える真尋だ。少女の弁はまるで、お前は田舎者《いなかもの》だと言わんばかりではないか。他の星と文明を比べる事なんてできないが、それでも面白くないという思いが真尋にはあった。

「水準以下って。そりゃ、宇宙を移動できるお前達にとっちゃ低レベルかもしれないけどさ。こっちだってスペースシャトルで宇宙に行く事だってできるぞ」

「あー、そういう意味ではなく。いや、地球の科学技術自体はわりかしよいレベルにまで達してはいますよ」

「そ、そうなのか？」

「ええ、中の下くらい。通信簿で言う『もっとがんばりましょう』って感じですかね」

「どこがわりかしよいレベルだよ喧嘩《けんか》売ってんのかお前」

テーブルに置いたままだった、血のついたフォークを握り込む。

「ちょ、待ってくださいって。この宇宙にはそこにすら達していない惑星も、それこそ星の数ほどあるんですから。通信簿で言う『あきらめたら？』クラスが」

「いや、通信簿でもそこまでは書かないだろ。常識的に考えて」

実際にそう書いたら子供は涙目だろうし、真っ先にＰＴＡが突っ込んできそうだ。

「ですから、科学技術の程度と文明の水準は別問題なんですって。いくら高度に発達したテクノロジーを持っていても、それを扱う生き物の精神が未熟だったら危険でしょ。分かりやすく言うと、三歳児にロケットランチャー持たせるようなものです」

「未熟だって言いたいのか、地球人が」

「まあ、この星の環境汚染具合を見るとねぇ。思うに、力の入れどころを全力で間違っている気がしますね」

「環境問題の議論をするつもりなんてないぞ」

真尋《まひろ》はきっぱりと言い捨てた。ただでさえ最近、この手の話題は食傷《しょくしょう》気味《ぎみ》なのだ。テレビでは連日放送しているし、本でも環境問題を題材にしたものは毎月、下手《へた》をすれば週にいくつも発刊されている。一人一人が考えなければいけない問題なのは確かだろうが、それを金儲《かねもう》けの手段にするのは違うと思うのだ。

「まあ、そんなわけで文明レベルは物質面と精神面を総合して算出されるわけです。地球はそれに基づくと、まだまだ保護対象のバブちゃん」

「何かむかつくな、おい」

「いやいや、悲観する事はないです。この広い宇宙には、めちゃんこすげー科学力を持っていても、それを使用する生物のモットーが『戦う事がすべて』で、軍事活用しかできないケースだってありますからね。まあ、その連中も他惑星との接触で相手の文化、特に歌にえらく感動しまして今じゃ」

「分からなくなってきたから次行け次」

「脱線させてるのはあなたのツッコミじゃ――分かりました！　手早く説明しますからそのフォークを置いて！」

ニャルラトホテプが血相を変えるのを見て、真尋は振り上げかけた腕をゆっくりと下ろした。宇宙人にはフォークが有効だという事を知った地球人は、恐らく自分だけであろう。

「まあ、お前の下地は何となく分かった。いまいち信じられないけど、宇宙人だって事も」

「給食、もとい恐縮です」

「で、結局お前は地球に何しに来たんだ。アブダクションか？」

「違いますよ。むしろアブダクションを阻止《そし》する側です。お忘れですか真尋さん、ついさっきまであなたが追われていた事」

「あ」

すっかり忘れていた。あまりにも、目の前のこの自称クトゥルー神話の大邪神がボケばっかりかましているものだから、ツッコミを入れているうちに頭の中から先ほどの逃走劇の記憶が抜け落ちかけていた。

そうだ、自分は狙われていたのだった。

しかし、なぜ？　この世に生を受けて十六年ほどになるが、人様に狙われるような事は何もしていない。ましてや人外の化け物にならなおさらである。

「それが最初に言った、我々惑星保護機構がキャッチした情報なんですよ。ふう、ようやっと戻ってこれた」

やれやれ、と言った風に肩をすくめるニャルラトホテプ。殴り倒してその身体《からだ》に膝《ひざ》を落としたい衝動に駆られたが、話をこれ以上こじれさせるのも嫌なので、真尋は自制した。

「で、その情報ってのは」

「それなんですが。我々が以前から追っていた犯罪組織がですね、どうも地球で大きな取引をするようなんです」

「犯罪組織って、やっぱり宇宙規模なのか」

「ええ。ほぼ宇宙全域で暗躍しているマンモス悪い奴らです。主要な取引は、スペース麻薬とかギャラクシーペット密輸とか、いわゆるご禁制の品ですね。あと、奴隷《どれい》貿易も」

気が遠くなるほど胡散臭《うさんくさ》い品物だった。

と、少女の語った単語の中で、ふと気になるものがあった。

「奴隷……貿易？」

「おっと、お気付きになりましたか」

にやり、と口の端を歪《ゆが》める自称這《は》い寄る混沌《こんとん》。黙っていれば美少女で通るのに、時折とてもいやらしく笑うのが、彼女の性格を表していると言えた。

「まさか、僕を狙ってる理由って」

「ご明察。人身売買です」

「なっ！　それ何だよ、何だよそれ！」

「まあまあ、落ち着いてください真尋さん。英語で言うとコンセントレート」

それは「落ち着く」ではなくて「集中する」だ。

「おかしいだろ、それって！　人身売買ってもっとこう、労働力とか重要だろ？　何で一介の高校生の僕なんかに！」

「被害者はみんなそう言うんですよねー。まあ、向こうの選考基準は我々にもいまいちよく分かってはいないんですよ。確実なのは、真尋さん。あなた個人が狙われているという事です。決して無差別じゃありません」

「ぐ」

　真尋は言葉に詰まる。ニャルラトホテプの言葉には、真尋「だけ」が狙われているという納得できる確証はない。この自称這い寄る混沌にしてみればそれは確実なのかもしれないが、真尋にはその判断材料がない。しかし、真尋「が」狙われたのは少なからず事実なのだ。それは正面から受け止めるしかなかった。

「心の中で予防線張っても無駄無駄無駄無駄です。この情報は仲間が犯罪組織に潜入して得た確かなものなんですから」

「そ、そうなのか」

「ええ。人身売買のリストにちゃんと真尋さん、あなたがありましたよ。どうして私があなたの顔と名前を知っていたと思いますか」

確かにニャルラトホテプは先ほど言っていた。護衛対象の情報は把握していると。つまりは、そういう事なのだろう。

「ど、どこまで知ってるんだ」

「本名、八坂真尋。設定年齢十六歳、天秤座《てんびん》のO型」

「設定年齢って何だ設定年齢って」

「市立昂陵《こうりょう》高等学校二年四組。出席番号二十二番。成績、中の上と上の下を行ったり来たり。彼女なし。彼氏なし。生活態度は極めて普通。所属部活動、帰宅部」

「待て、彼氏って何だ」

「家族構成、父と母。兄弟なし。両親は現在、結婚十七年目にして十七回目の新婚旅行に出かけており不在。毎年行っとんのですか、あなたのご両親は」

それに関しては返す言葉もなかった。真尋の両親は息子がご馳走様《ちそうさま》と言いたくなるくらい、家の中では時を選ばずいちゃついている。夫婦仲がよいのは結構この上ない事だが、年に一度は必ず二人きりで旅行に出てしまうのだ。年頃《としごろ》の一人息子を置いて。おまけに名目が未《いま》だに新婚旅行で。先ほど、真尋が夜中にコンビニに出歩けたのも、日付が変わろうかという時刻に少女を家に連れ込めたのも、ひとえに現在は真尋が一人きりだからだ。

それにしても、護衛対象の情報は必要だとはいえ、家庭環境といったプライバシーに関《かか》わる項目まで調べるのはいかがなものか。

「こ、個人情報が」

「心配いりません。真尋さんのデータは宇宙個人情報保護条例に基づいて一部の者にしか明かされていませんので」

「枕詞《まくらことば》に宇宙が付けば何でもスケールがでかくなると思ってないか?」

地球で言う、インターナショナルとかグローバルみたいなものだろうか。何も知らない市民ならころりと騙《だま》せそうな、いかがわしくも胡散臭い単語だった。

「まあ、そんなわけで駄目《だめ》押すようですけど真尋さんが狙われているのは確実です。そう、日曜日の次は月曜日がやって来るくらい確実」

「じゃあ、お前は? その惑星保護なんとかの人間なんだろ。その、僕を守ってくれるのか?」

「だから先ほどはお助けしたじゃありませんか。まあ、真尋さんの保護に加えて、犯罪組織の人身売買の取引ルートを潰《つぶ》すってお仕事もありますが」

何だか刑事ドラマのような展開になってきた。ただ違うのは、その規模が真尋には到底認識できないくらい非常識であるという事だ。眩暈《めまい》がしてきた。

「えーと、僕はどうすれば? 事が終わるまでどこかに厳重に保護されるとか」

「いえ、普段通りの生活をされて結構です。ただ私が四六時中お側《そば》にいるだけで」

「え、ずっと？」

「はい。真尋さんを狙《ねら》う奴《やつ》らはまだまだやってくると思うので」

ずっと。

四六時中。

それはまずいのではないかと思う。

改めて、自称這い寄る混沌を見やる。日本人離れした端整な顔立ちに、すっと通った鼻筋。一握りの幼さを残しているような、やや丸みを帯びた頰《ほお》の輪郭。柳の葉のような眉毛《まゆげ》は柔和《にゅうわ》な光をたたえる瞳《ひとみ》とよく釣り合いが取れている。そして、形のよい小さな唇はほんのり赤い。女性の美しさと少女の可愛《かわい》らしさが絶妙なバランスを醸《かも》し出している、そんな容貌だった。

性格は別として、外見だけなら文句なく美少女で通る。年の頃も、尊大な喋《しゃべ》り方のせいで大人びて見えるものの、真尋と同年代くらいだろう。そんな二人が一つ屋根の下に一緒に過ごす。

「いや、ちょっとそれは」

「あ、赤くなった。可愛いですね真尋さん」

「うるさい！」

「大丈夫ですよ。私にとってはこれは仕事なので公私のけじめはちゃんと付けます。プライバシーも遵守《じゅんしゅ》しますし」

「そ、そっか」

「仕事で護衛するんだから！　べ、別に真尋さんが心配なわけじゃないんだからね！」

「何でそこで急にあざとくなるんだ……」

「いえ、地球でブームらしいので」

今ので冷めた。

一瞬前まで悩んでいた自分が馬鹿《ばか》みたいだった。

さて。

状況は理解できた。自分が狙われている事。この少女が守ってくれる事。他にも色々と疑問に思う事はあるけれど、この二つが特に重要のようだ。

自分と同じ年頃の少女に守られるのは、男として情《なさ》けなくはあるものの、敵は明らかに化け物なのだ。人間の常識で判断してはいけない。もっとも、その化け物を片手一本で難なく滅ぼしたこの少女こそ、一番の怪物なのであろうが。

「ん、と、あのさ」

「はいはい」

「その、よろしくお願いします」

真尋は少女にぺこりと一礼した。仕事とはいえ自分を守護してくれる相手には、折り目正しく礼をもって接しなければならない。そう思うと、先ほどのフォーク連打は少々やり過ぎたのかもしれない。どうにも自分は短気なところがあるから、と真尋は自省する。

「…………」

「な、何だよ」

「……いえ、萌《も》えって全宇宙共通なんだなと」

訳の分からない事を言い始めた。

と、ふと壁の時計を見やる。

「うわ、もう日付変わりそう」

明日は平日だが、幸いな事に開校記念日で休みとなっていた。焦《あせ》って昼間出された宿題をやる必要もなかったのだが、真尋はこういうところで変に几帳面《きちょうめん》だった。

現金なもので、時刻を認識した途端に今まで抑圧されていた睡魔《すいま》が襲ってくる。思わず欠伸《あくび》を噛《か》み殺した。

「そうですね。では、本日はここまでに致しましょうか」

そう言うと、這い寄る混沌を名乗る少女は居間のソファーに腰かけた。

「え、やっぱり家《うち》に泊まるのか」

「ええ。本来であれば、先ほど真尋さんが言いましたように別の場所で保護していた方がこちらとしてもやりやすくはあるんです。我々惑星保護機構のエージェントが現地で利用する拠点みたいなもので、何かと用意もありますし、私もそうするつもりでした。ですが」

「ですが？」

「いやー、実は拠点が放火に遭《あ》いましてね。使えなくなってしまったんですよ。同時に泊まる場所もなくなってしまったので、一時は本気で野宿も考えました。ですから、真尋さんの護衛ついでにお宅に泊めていただくと」

「放火って何だ放火って」

「なので、申し訳ありませんが泊めてくださいまし。ソファーで結構ですので」

「ん、まあ、それは構わないけど。でもソファーってのは。両親の部屋使ったら？　今なら二人とも出てて誰《だれ》も使わないし」

「いえいえ、ここで充分ですよ」

銀髪の少女はそのまま身体をソファーに横たえた。本格的にそこで寝るらしい。今までの突飛な言動の割には、変なところで律儀な宇宙人だった。まあ、本人がよいのであれば真尋にはそれ以上何も言う事はないのだ。

「ん、それじゃ、僕は寝るから」

「はい、夜中の襲撃にもちゃんと気を配りますのでご安心を」

「うん、頼む」

「お休みなさい、よい夢を」

ほんわかと笑い、ニャルラトホテプは手の平をひらひらと振った。真尋はそれを見て、居間の電気を消す。

二階へ上がり、自室へ戻るといよいよ眠気がピークに達してきた。ふらふらする頭を抱えながら、ベッドにうつ伏せに倒れ込む。明日が休日で心底助かった、と真尋は思った。

今夜は色々な事がありすぎた。化け物に追われたかと思えば、這い寄る混沌を自称する宇宙人の少女が助けてくれたり、あまつさえ真尋が人身売買のバイヤーに狙われているから護衛するという始末。常人を自負する真尋では脳内の処理が追いつかない。

にも関わらず、何で自分はこんなに納得しているのだろうか。適応が早すぎる。あなたは狙われている。護衛します。じゃあお願い。まるで即決ではないか。実際に化け物に追われた経験から、ニャルラトホテプの言う事は真実だと分かる。が、受け入れるかどうかは別問題だ。

とはいえ、そんな疑念も睡魔には勝てず。

真尋は次第に重くなる頭に逆らいもせずに、意識を手放していった。

＊＊＊

チチチ、と小鳥のさえずりが聞こえる。聞こえると認識した瞬間、真尋はまぶたをゆっくりと開いた。視界に入ったのは、見慣れた天井。十数年間見てきているので、染《し》みの具合も目に焼きついている。

次に感じたのは、身体を包む柔らかい感触。最近クリーニングに出したばかりの布団《ふとん》だ。不思議な事に、洗われても自分の匂《にお》いというか生活臭はきちんと残っている。業者の腕云々《うんぬん》ではなく、そういうものなのだろう。

そこで真尋はようやく、眠りから覚めたのだと実感した。我ながら起きた事を自覚するまでのプロセスが長すぎる。

布団に入ったまま、大きく深呼吸。そして全身を伸ばし、ほぐす。そうしてから、時計を見た。朝の六時。真尋にとって、いつもの起きる時間だ。身体に負担をかけないように極力ゆっくりと起き上がる。

ベッドから抜け出て白いカーテンを開けると、日光が部屋に差し込んできた。今日もよく晴れている。そのせいか分からないが、窓ガラス越しに鳴き声が聞こえるほど、小鳥の活動は活発のようだった。

優雅にして理想的な朝の風景。

今朝の空のように澄み渡った頭で、真尋は口を開いた。

「うーん。昨日は変な夢を見たなぁ」

「いやいや、逃避しないでくださいよ。きっぱりと現実です」

「答えるなよ……」

先ほどから視界に入ってはきていたものの、極力シカトしていた。視覚情報だけならまだ幻覚だと切り捨てる事ができたが、喋られると存在を認めざるを得ない。やはり昨日の事は夢ではなく、実際にあった事なのだ。

「というわけで真尋さん、おはようございます」

「ん、おはよう。ところでお前、何でここにいんの」

「そりゃ、真尋さんの可愛らしい寝顔もとい真尋さんを狙う奴らから守る為《ため》にですね」

「鍵《かぎ》、かけたはずだけど。部屋に」

「こじ開けました」

至って平然と答えるニャルラトホテプ。爽《さわ》やかな朝の目覚めが、加速度的に黒いものに塗り潰されていくのを感じる真尋だった。

「お前、確か昨日言ったよな。プライバシーは守るって」

「ハンフリー・ボガートも昔の映画で言ってましたでしょう。『そんな昔の事は忘れた』と」

「何でお前は保護惑星の文化にそんなに詳しいんだ……」

そもそも真尋を守る為に部屋に入るなら、最初からそうしていればいいのだ。ソファーなどで寝ないでも。どうにもこの少女の言動には行き当たりばったりな感が否《いな》めない。本当にボディガードをするつもりがあるのだろうか。

そんな疑念が湧《わ》きつつも、守られる立場の真尋にはとやかく言えない。向こうは仕事と言えど、こちらが支払う対価は今のところゼロなのだ。贅沢《ぜいたく》を言ってはバチが当たる。具体的に言うと、昨夜の怪物のバチが。そうやって無理やり自分を納得させる真尋だ。

「ところで真尋さん、大変な事態になっているんですが」

「な、どうした！　また例の化け物が来たのか！」

「いえ、そういうわけではなく」

「じゃあ、何」

真尋が問いかけると、少女は両手を自分の腹部に当てた。

「血糖値が下がってきたので数値を上昇させたいのですが」

平たく言うと「腹減った飯食わせ」という事だった。どうやら対価が完全にゼロというわけにはいかないらしい。溜息《ためいき》を一つついて、真尋は小さく頷《うなず》いた。

「分かったよ。下、降りてろ」

「うう、面目《めんもく》ありません」

申し訳なさそうな素振りだがその実《じつ》まったく申し訳なく思ってなさそうな表情で、ニャルラトホテプは頭を下げた。

何をするにしても、まずは着替えなければならない。昨日はパジャマも着ないでそのまま倒れ込むようにベッドインしたので、服が皺《しわ》だらけだ。洗濯してくれる親も今はいないし、アイロンも自分でかけなければならない。

いざ脱ごうと服に手をかけたところで、ふと止まる。

「なあ」

「何でありましょう」

未《いま》だに立ち退《の》かない少女に声をかける。

「今から着替えるんだけど」

「そうでしょうね」

「一応、下まで脱ごうかと思ってるんだけど」

「ええ、その方がいいでしょう」

「何でお前、出て行かないの」

真尋を見つめる這《は》い寄る混沌《こんとん》は、それはもう真剣極まる表情で瞳を爛々《らんらん》とさせていた。

「いえ、これはその。いわゆる一つの眼福……じゃなかった、目の正月……でもない。そう、かぶりつきです。じゅるり」

全部似たようなフレーズだった。シチュエーション的に男女が逆なのではないだろうか。

「早く出てけ！　あと、よだれ拭《ふ》け！」

好事家《こうずか》の面持ちのニャルラトホテプに前蹴《げ》りを繰り出す。

「……ち」

少女は露骨に舌打ちをして、渋々と部屋から出ていった。

「何なんだ、あいつは」

這い寄る混沌を追い出した部屋の中で、一人呟《つぶや》く真尋。怪物に狙われているらしいこの身であるが、その怪物というカテゴリーにはまさかニャルラトホテプも含まれているのではあるまいか。そんな考えが頭の中を去来する。この部屋にもフォークを備え付けておいた方がいいかもしれない。

手早く着替えを済ませて、階下の洗面所へ。

洗濯機を開けてみると、まだ洗濯物は溜《た》まってはいないようだった。今日はまだいいだろう。先ほどまで着ていた衣類を洗濯槽《そう》へ放《ほう》り込んで、蓋《ふた》を閉じる。顔を洗い歯を磨《みが》き、寝癖を整える。本日は開校記念日なので朝も余裕だった。

ふと、鏡を見やる。

華奢《きゃしゃ》だ、と言われる事はあった。ひどい場合は女顔と言われる時も。自分の顔にコンプレックスまでは持っていないものの、もう少し男らしい面構《つらがま》えが欲しかった気もする。

髪型だけでも男らしくしようと思った事もあった。スポーツ刈りとか、それでなくても短髪にして逆立てるか。が、不幸にもそういうヘアスタイルに限って似合わないのだ。

せっかく親からもらったこの顔、というわけで諦《あきら》めるしかなかった。

詮《せん》無い事を考えつつ、一通り身なりを整えてから、居間へ。

「ぶわっはっはっは！」

這い寄る混沌が新聞を開いて爆笑していた。

「何だ、騒々《そうぞう》しい」

「いえ、この四コマ漫画がハイセンスすぎて」

「あ、そ」

目尻《めじり》に涙を浮かべて拍手までしているニャルラトホテプを放っておいて、台所に立つ。立ってから、気がついた。一応人型をしているとはいえ、地球の食物は大丈夫なのだろうか、奴は。昨夜はスナック菓子を貪《むさぼ》り食っていたので大丈夫だとは思うのだが。

「ま、いっか。腹壊すのは僕じゃないし」

真尋《まひろ》は淡白《たんぱく》だった。

フライパンをよく熱して、まずベーコンを炒《いた》める。そうするとベーコンから大量の脂《あぶら》が出るので、そこに卵を四つ落とし込む。ごく普通のベーコンエッグだ。両親が頻繁《ひんぱん》に外泊する関係で、真尋も家事は一通りこなせるようになっていた。まったく嬉《うれ》しくはないが。

レタスとミニトマトと茹《ゆ》でたブロッコリーを適当にボウルに盛りつけて、野菜分も完了。炊飯器からご飯を二人分よそう。八坂家はご飯派だった。それらを順々に食卓へ置く。

「ご飯ー」

銀髪の流れる背中に声をかける。

「待ってました！」

瞳を輝かせて、ニャルラトホテプは電光を思わせる動きで食卓に滑り込んだ。

「いただきます」

「いただきまーす」

二人して手を合わせた次の瞬間。少女は箸《はし》を持って目玉焼きを黄身のど真ん中から食べる。黄身だけをくり抜いて器用に食べる。ソースもかけずにひたすら食べる。

「白身も食えよ」

「分かってます、分かってますさ、真尋さん。むしろ白身はメインディッシュ。おいしいものは後に取っておく主義なんです、私」

黄身より白身の方が好きだとは珍しい。普通、逆ではないのだろうか。もっとも、宇宙人の普通なんぞ理解しているわけではないが。

「残さず食えよ」

「むしろ足りません」

きっぱりと言われて殺意が少々芽生えつつも、真尋はぐっと我慢《がまん》の子。自分の目玉焼きを半分に割って、ニャルラトホテプの皿に乗せてやる。

卵、ベーコン、米、サラダ。ものすごい勢いで食卓の上から食物が消えていく。なりは少女なのに、とんだ大食漢《たいしょくかん》だった。ちゃんと噛んでいるのか謎《なぞ》ではある。

と。

少女の手が急に止まった。口だけは咀嚼《そしゃく》をしたままで、何やら視線を落としている。どこを見ているのかと思って真尋が少女の視線の先を辿《たど》ってみると、どうも彼女は茶碗《ちゃわん》を注視しているらしい。まだ半分ほど白飯が残っている、陶器製の茶碗だ。

十数秒ほどの沈黙。

やがて、何を思ったか、ニャルラトホテプは茶碗から米粒を一つ、摘《つ》まみ上げた。それを躊躇いもなく自らの頬《ほお》にくっ付けて、

「真尋さん、と・っ・て」

「よし待ってろ動くなよ」

真尋は箸立てからフォークを抜き取った。

「すんませんマジ調子に乗りすぎました勘弁してください」

椅子《いす》ごと身を引いて食卓に額をこすりつけて謝る這い寄る混沌。真尋は深く嘆息して、フォークを手放した。からん、と乾いた音を立てて銀色の光がテーブルを転がる。

「何なんだよお前は」

「いえ、ちょっと対外的に甘い関係を装《よそお》いたかっただけです」

「誰に対して何を装うんだよ……」

米粒を自分で取って、ニャルラトホテプは食事を再開した。どうにもこの宇宙人の思考回路は読めない。やる事為《な》す事の大部分がとにかく突発的なのだ。真尋の周《まわ》りにはいないタイプだ。

しかし、と冷静になって考えてみる。今でこそこうして一緒に食卓に向かい合っているが、

まだ分かっていない事が山ほどあるのだ。団欒《だんらん》の真似事《まねごと》をしている場合ではない。

「なあ、お前。聞きたい事があるんだけど」

「んお？　いいあいおおおおういあうお？」

「……食ってから喋《しゃべ》れ。待っててやるから」

何の邪神を呼ぶ呪文《じゅもん》かと思った。

ニャルラトホテプは頷いて、ひたむきに口を動かす。

「もぐもぐ」

ひたむきに口を動かす。

「もぐもぐ」

口を動かす。

「もぐもぐ」

口を、

「もぐも」

「待ってやるっつったらいつまで食ってんだよコミュニケーションしろよ！」

「おえんあいおえんああい！」

口いっぱいに食物を詰め込んでるのではっきりしないが、どうやらごめんなさいと言っているらしい。しかし謝るだけ謝っても、咀嚼自体はやめないのがまた腹立たしかった。

いや、ここで短気になっても話は進まない。まがりなりにも異種族間のコンタクトなのだ。根気よく、辛抱強く事を進めなければ。よくよく考えてみれば目の前の少女に言葉が、しかも日本語が通じるだけでも僥倖《ぎょうこう》なのだ。

そう自分をなだめて、真尋はニャルラトホテプが食事を終えるのをじっと待つ。

「もぐもぐ」

「…………」

「もぐもぐ」

「…………」

「ごくん」

「…………」

「ふー」

「食ったか」

「おかわり」

「蹴り殺すぞ」

荒々しく立ち上がって、真尋はニャルラトホテプに詰め寄る。片手にフォークも忘れない。今なら鉄アレイすら蹴り飛ばせる自信と殺意があった。

「ちょ、冗談ですよ！　イッツジョーク！　いやはや、ご馳走様《ちそうさま》でした。大変美味でした」

ニャルラトホテプがすっかり空になった茶碗と皿とボウルを重ねて、こちらに差し出してくる。それを乱暴にひったくり、真尋は流し台に放り込んだ。

落ち着け。昔の偉い人も言っていた。取り乱しそうな時は素数を数えて落ち着くのだと。沸《ふっ》騰《とう》しそうな頭を徐々《じょじょ》に冷やして、食卓に戻る真尋。

「で、だ。聞きたい事があるんだ」

努めて冷静に話を切り出す。

「はいはい、何でしょうか。スリーサイズですか？　いやん、真尋さんのえっち」

「お前、ニャルラトホテプって言ったよな」

「……ガン無視ですか。ええ、そうですが」

露骨に口を尖《とが》らせながらも、碧眼《へきがん》の少女は首肯する。

「ニャルラトホテプって言えば、クトゥルー神話でも有数の嫌《いや》な奴《やつ》なわけだ」

「い、嫌な奴……」

「でも、クトゥルー神話って、創作じゃないのか？」

そうなのだ。昨夜、この少女から説明を受けた時にも妙に引っかかっていた。現在、俗にクトゥルー神話大系と呼ばれる一くくりの物語は、恐ろしく現実と親和性が高くはあるものの、基本的にＨ・Ｐ・ラヴクラフトと彼に賛同した作家達が形成した創作であるはずだ。現実にはない地名も文明も出てくるし、高度な知能を持った原生生物も然《しか》りだ。

「あー、はいはい。そういう事ですか」

「いわゆる、この物語はすべてフィクションですって奴だろ？　なのに何でお前みたいなのが現実にいんの」

「お、お前みたいなのとはご挨拶《あいさつ》な」

「うるさい、質問に答えろ」

「んー。説明すると長くなるんですが」

「二秒にまとめろ」

「過去に我々が作者に会った時に書かれました」

ものすごく早口で二秒にまとめられた。あまりに高速詠唱《えいしょう》すぎて聞き逃すところだった。

「過去に、会った？」

「はい。以前、地球に飛来した我々の仲間がラヴクラフト御大《おんたい》と遭遇したようなんですよ」

「は？」

「その時に、連中と御大が意気投合しちゃったみたいで。我々の仲間を題材にして、御大が小説書く事になったみたいです」

「え、じゃあ、クトゥルー神話ってマジなの？」

「細部は別として、限りなくノンフィクションに近いです」

「マジか……」

元々現実と創作の境界が曖昧《あいまい》な神話大系であったが、本当に現実だったとは思いも寄らなかった。しかし、真尋は悲しいかな、昨夜、非現実的な現実を経験している。そして、今も。一縷《いちる》の望みを賭《か》けて少女の話の否定材料を探そうと振った話題だが、見事に裏目に出てしまったようだ。悔しいが、認めるしかない。

「とは言え、特例はありますけど、保護惑星の文明・文化に干渉しては本来はいけないんです。特例はありますけど、保護惑星の文明・文化に干渉しては本来はいけないんです」

二回言われた。それほどいけない事らしい。

「でも、ラヴクラフトにモチーフ与えちゃったじゃないか」

「ええ、残念ながら少々アウトローな連中だったようで。でも、その時はまだよかったんですよ。御大に接触したのが少数だったらしく。でも御大が小説書き上げた後、それを連中が母星に持って帰ったら向こうで大受けしまして。『じゃあ俺《おれ》も俺も』ってな具合でまた無法者が別の現地の人間に接触しちゃったんですよ。しかもかなりバリエーション豊かな構成で。えー、ハスター、ツァトゥグァー、ガタノソアー、他いっぱい」

「……まさか、その別の現地人って」

「ダーレス氏です」

即答された。

オーガスト・ダーレス。その名前はクトゥルー神話を語る上で、H・P・ラヴクラフトに比肩する知名度を誇る人物である。ラヴクラフトと懇意《こんい》だったダーレスはラヴクラフトの死後、彼が生み出したコズミックホラー小説群をクトゥルー神話と名付け、体系化し、出版した張本人でもあった。

彼を語る時、しばしば功と罪、二つの視点から論議される事がある。功は、ラヴクラフトの死によって風化するはずだったクトゥルー神話を広く世に認知させた事や、それにより新たな作家がクトゥルー神話の門を叩《たた》きやすい環境を整備した点。

対して罪は、本来のラヴクラフトの作品群の身上である宇宙的恐怖に、ダーレスの独自解釈によって単純な善悪二元論や力関係が設定されてしまった事である。すなわち、この宇宙には善なる神と悪なる神が存在する、それら神々には火、水、風、土の四大元素が当てはめられている、といった具合だ。

よくも悪くも、クトゥルー神話大系の醸成《じょうせい》に多大な影響を与えた人物、それがオーガスト・ダーレスであった。しかし、真尋の目の前にこうして存在しているニャルラトホテプという生き証人の話によると、ダーレスの創作と現代に伝わっている諸々《もろもろ》の要素も創作と断じる事はできないのではないか。ラヴクラフトが過去に地球に訪れた邪神群からモチーフを得たのと、ダーレスは同じケースなのではないか。

「じゃ、じゃあ、お前もラヴクラフトとかダーレスに会って？　だからクトゥルー神話に記述があるのか？」

「いえ、私は会った事はありません」

「え、でもニャルラトホテプってラヴクラフト著作の頃《ころ》から……あ、そのアウトローな連中ってのが教えたのか」

「いえ、這《は》い寄る混沌《こんとん》は確かに御大と接触したようです。しかも結構親密だったらしいですよ」

「は？　でもお前、ラヴクラフトに会った事ないって」

「ですから、私は会った事ないんですって」

どうも話に要領を得ない。

「悪い、もう少し分かりやすく言ってくれ。僕も理解する努力をするから」

ここは一つ、男の大らかさを遺憾《いかん》なく発揮して下手《したで》に出てみようかと思った。

「つまりですね、真尋さんの言うニャルラトホテプというのは個体名じゃなくて、いわゆる種族名なんですよ」

「種族名？」

「例えば、真尋さんは日本人なわけですよね。でも日本人という表現で対象になる人は、それこそ日本中にいるわけですよ」

「ん、まあ、そうだな」

「それと同じと考えてください。私はニャルラトホテプですが、私だけがニャルラトホテプではありませんのですよ」

「……つまり、ぶっちゃけるとニャルラトホテプ星人みたいなニュアンスか？」

「ザッツライト！」

こくり、とニャルラトホテプは頷《うなず》き、なぜか腰に手を当てて胸を張っている。

整理してみよう。目の前の少女は這い寄る混沌であるが、唯一の這い寄る混沌ではない。真尋が日本人というカテゴリーの中の一人なのと同じで、この少女もニャルラトホテプという集団の中の一人に過ぎないという事。オンリーワンではなく、ワンオブゼム。

「じゃあ、過去に地球に来て御大と接触したニャルラトホテプはお前じゃなく、別人なのか」

「そのようです。さすがの私でも原著に記述されてるような性格の悪さは持ち合わせていませんので」

十二分に持ち合わせているぞ、という言葉が喉《のど》までせり上がってきたが、ぐっと我慢した。

「そうだよな、こんなアホな奴が核兵器開発に関与したとか、人類を破滅に導くなんて事しそうにないしな」

「めっさ喧嘩《けんか》売られてるような気もしますが、まあいいでしょう。んで、他に何かお聞きになりたい事は」

言われて、真尋は食卓に頬杖《ほおづえ》を突き、視線を中空に投げかけた。

他に聞きたい事。自分が人身売買されそうな事は分かった。この少女がボディガードしてくれる事も、宇宙人である事も説明された。自分の、そして恐らく世界の抱いているクトゥルー神話のイメージが崩れ去ったのは想像の斜め上を行かれたが。こんな事が全世界にいる数多くのフリークに知れ渡ったら卒倒されそうだ。真尋だって信じたくはない。が、否定する根拠もまた持ち合わせてはいないのだ。

少女の話は一応、筋は通っていると思う。信じる信じないは個人の裁量だ。そして真尋は、信じる事にした。昨夜から紆余曲折《うよきょくせつ》したが、ようやくスタートラインに立てたという事だ。

「あ、そういや」

「まだ何か？」

「いや、お前ってニャルラトホテプ星人なのは分かったけど、お前の名前ってないのか？　個人名って奴」

「……ぽっ」

「なぜ頬を赤らめる。そして口で言うな、あざとい」

ニャルラトホテプ星人の少女は顔を紅潮させ、両手を頬に当てて左右に身をよじっている。わざとらしい事この上ない仕草だった。

「いやん、真尋さんったら。私達、昨夜出会ったばかりなんですよ？　まずはお友達から」

「んじゃニャルラトホテプ星人のままでいいや。おいニャルラトホテプ星人」

「……いじめだ……私は今、現地人にいじめを受けている……」

ころころと表情が変わる少女だった。無貌《むぼう》の神の字《あざな》は伊達《だて》ではないらしい。

とりあえずは、頭の中の疑問も一応の解決を見た。基本的な事柄、犯罪組織から身を守ってもらう事だけが重要なのだ。

「じゃあ、あれだよな。平日はまだしも、休日は外を出歩かない方がいいんだよな。家の中は安全そうだしな」

「真尋さん真尋さん、お出かけしませんか?」

「じゃあ、あれだよな。平日はまだしも、休日は外を出歩かない方がいいんだよな。家の中は安全そうだしな」

「真尋さん真尋さん、お出かけしませんか?」

「じゃあ、あれだよな。平日はまだしも、休日は外を出歩かない方がいいんだよな。家の中は安全そうだしな」

「真尋さん真尋さん、お出かけしませんか?」

四セット目に突入する前に、真尋は食卓に転がっていたフォークを素早く拾い上げた。そのままニャルラトホテプの手の甲目がけて振り下ろす。

がつ、と音を立ててフォークの歯が固いテーブルを打つ。躱《かわ》された。今のは間違いなく、生涯で三本の指に入るくらいの会心の速度だったのに。

「お前、僕を守るんだよな。その重要な護衛対象を危険な外に連れ回すってどういう了見だ」

冷静に努めて、真尋は言葉を区切るように少女に言った。

と。

ニャルラトホテプが、今までの温《ぬる》い笑顔から一転して表情を消した。昨夜会ったばかりだが、彼女のこのような面持《おもも》ちは初めて見る。その真剣極《きわ》まる雰囲気に気圧《けお》されて、思わずごくりと喉を鳴らす真尋。

「それが私が地球に来た理由の最後の一つでもあるんですが」

「な、何だよ、その理由って」

「……その為《ため》には、私はとある場所に行かなければならないのです」

「とある、場所」

「ええ。ですが私だけで行って真尋さんを一人にするわけにもいきませんので、真尋さんも一緒に来ていただきたいんです」

「それが、お出かけ？」

こくり、とニャルラトホテプが頷く。

「そんなわけですから、一つお願いしますね」

「……分かった」

どうやら少女は自分の護衛以外にも、別の目的があるようだ。そうであれば、真尋もでき得る限りの協力をしなければならない。複数の任務があり、それぞれがどっちつかずの中途半端にされては困るのだ。ことに真尋の場合は、命に関《かか》わる問題に発展するかもしれないだけに。

「では、そうですね、十時くらいに出ましょうか。特別何がいるわけでもありませんので、真尋さんは普段のままで結構です」

「ん、分かった」

＊＊＊

「うおおおおっ！　か、感動です！」

瞳《ひとみ》を燦然《さんぜん》と輝かせて咽《むせ》び泣くニャルラトホテプを見て、真尋は少し空が見たくなった。しかし軽く上を見ても、そこにあるのは空の青ではなく、蛍光灯《けいこうとう》の白。

「ちょ、真尋さん！『黒鋼《くろがね》のストライバー』のＤＶＤボックスですよ！　ストライバーのフィギュア付き限定生産の！　やっべ、一個買いますわ！」

ニャルラトホテプは目の前の棚に陳列されている立方体を、真尋が持っている買い物カゴに慎重に入れる。

買い物カゴ。

真尋は、今し方彼女が投入した箱を見た。そのパッケージには、アニメ調の絵が書かれている。それは昨夜、ニャルラトホテプが熱心に見ていた深夜アニメの特撮風変身ヒーローに姿が似ていた。というより、そのものだった。

真尋は少し考えて、周囲を見回した。

ゲーム。

アニメ。

コミック。

音楽ＣＤ。

流し見するだけでも目に余《あま》るほどの物量がそこにはあった。表紙には可愛《かわい》い女の子の絵であったり、線が太く男臭い絵であったり、あるいはいっそ無機質にロボットの絵であったり、実に狭い範囲でバリエーション豊かだ。

ここはいわゆる、コミック・アニメ専門店。名前と場所は知っていたが、真尋には経験のない店だった。問題は、なぜここに連れて来られたか。その一点に尽きる。

「なあ、ニャルラトホテプ星人」

「え、何か言いました？　おっと、これ最新刊出てたんですね！　こっちじゃ入荷まで時間差があるから不便なんですよ。買い買いっと」

人の話も聞かず、少女はやたら分厚い文庫本を真尋の持っているカゴに入れる。本の角で人を撲殺《ぼくさつ》できそうなくらい厚みがある文庫だった。

「なあ、ニャルラトホテプ星人」

「はい？　む、この成人向け同人誌は。何と破廉恥《はれんち》な。けしからん、実にけしからん。買って行きましょう」

ぱさ、と薄い冊子のようなものをカゴに投げ込む。表紙にはとても紙面では語り尽くせない卑猥《ひわい》な構図が描かれていた。目を見張るのはその値段だ。映画のパンフレットくらいの薄さなのに、大判コミックよりも値段が高い。どうやらこの建物内は物価が違うらしい。

「なあ、ニャルラトホ」

「うっおおー！　こりゃ回収された初回生産分のエロゲーじゃないですか！　さすが地球、恐ろしい子……！」

性的な意味でいかがわしさ極まるそのパッケージに、這い寄る混沌が手を伸ばそうとした瞬間。真尋《まひろ》は予備動作を一切省《はぶ》いて、その白く小さな手の甲にフォークを突き刺した。

「ウボァー！　ささ、刺さった！　刺さった！」

「会話をしろ会話を！」

フォークを引き抜くと、先端がほんのりと赤く濡《ぬ》れていた。もうこれは使えないな、と心の中で嘆息《たんそく》する真尋。

「あんた、何でフォーク持ち歩いとんですか」

「こういう時の為に決まってるだろ」

「だからっていきなり刺す事は」

「刺すぞ」

ぐさ。

「ギャアアアム！　な、何をしますか！」

「予告したじゃないか」

「ひどいプレイだ……」

涙目になって、ニャルラトホテプは血の滲《にじ》んだ手の甲をちろちろと舐《な》め回した。小さな唇から覗《のぞ》く赤い舌が妙に艶《なま》めかしい。不覚にも、真尋はどきりとしてしまう。そんな気の迷いを追い払うように頭を振り、ニャルラトホテプを睨《にら》みつける。

「おいこら、宇宙人」

「な、何でありましょう」

「お前、今朝言ってたよな。地球に来た目的はもう一つあるって」

「そうでしょうが」

「もしかして、それって買い物か」

「イグザクトリィ（その通りでございます）」

「刺すぞ」

０フレーム発生でフォークを打ち下ろす。が、少女の手の甲に向けて放った銀色の三叉《みつまた》は手応《てごた》えもなく、虚《むな》しく空《くう》を切るのみだった。

ニャルラトホテプは必死の形相《ぎょうそう》で、自分の手を胸に抱いている。

「お、落ち着いてくださいさい真尋さん。ほら、他のお客さんの手前」

「いないじゃないか」

「あーうー」

店内はがらがらだった。何せ開店前に到着して、開店直後に入店したのだ。真尋の学校は開校記念日で休みではあるが、世間様は平日。朝一番で来ようはずもない。

「行かなきゃならない場所があるって言うから付いて来たら、よりによってこんな所かよ」

「こんな所ってあーた、自分の星の存在意義をなくすような発言を」

「それじゃ、何か？　僕が狙《ねら》われているのを分かっていて、ボディガードがお前の仕事で、多分今も勤務中で、それでもお前はショッピングがしたかったと？」

「有り体《てい》に言えばそうなります」

胸を張られた。衝動的に蹴《け》り倒したくなるのを何とか思い留《とど》まる。客の姿がないとは言え、店の中だ。フォークならまだしも、ここで乱闘騒ぎを起こしたら最悪警察でも呼ばれかねない。

「お前、いったい何なんだよ……」

「いえ、ですから、あなたのお側《そば》に這い寄る混沌ですが」

「お前は地球に遊びに来たのか」

「失礼な！　これもちゃんとした調査の一環としてですね」

「何の調査だ言ってみろ」

「………………」

「なぜ目を逸《そ》らす」

ニャルラトホテプは露骨に明後日《あさって》の方向を向いている。唇をすぼめて、息をひゅうひゅうと吹いているのは、恐らく口笛を吹こうと思っているが音が出ないのだろう。

「いや、まあ。これは言ってみれば自分へのご褒美《ほうび》」

「お前、褒《ほ》められる事、何かしたか。あとご褒美があるなら自分への罰もあるよな。仕事サボってる罰は？」

「それはその……ま、前払いという事で」

「買い物にしたって、わざわざ地球まで来てこういう類《たぐい》を買い漁《あさ》るのが目的かお前」

「あのー」

おずおずと、申し訳なさそうにニャルラトホテプが挙手する。

「何だよ」

「私が言うのもなんですが、真尋さんはあまりご自分の星の唯一の優位性を卑下《ひげ》しない方がよろしいかと」

「は？」

「真尋さんの言う、『こんな所』とか『こういう類の物』があったればこそ、宇宙での地球の立場があるんですからね」

頬《ほお》を膨らませて、いかにも怒ってますよと言わんばかりの作為的な表情を見せる少女。ご丁寧に片手を腰に当てて、もう片手で真尋を指差すお決まりのポーズ。一から十まであざとい事この上なかった。

「悪い、さっぱり意味わかんね」

「んー。この際説明しておきましょうか?」

「いや、いい。説明飽きた」

「じゃあ説明しますね」

「最初からする気満々なら意見を求めるなよ」

まだ午前だというのに、もう一日の終わりのような疲れが込み上げてきた。

「その前に、ここではちょっとアレな話ですので、河岸《かし》変えましょう」

「二次会にでも行くつもりか」

人の話も突っ込みも聞く耳持たず、這《は》い寄る混沌《こんとん》は真尋の手からカゴを奪い取り、レジカウンターへ足を進めた。場所を変えるにしても買うものはきちんと買うらしい。

カウンターの上に乗せられたカゴから、とても人様には見せられないような品物が次々と飛び出てくる。

「合計で三万四千五百九十二円になります」

「あ、ポイント溜《た》まってるんで引いてください」

「何でポイントカード持ってるんだ……」

しかもいつどこでポイントを溜めたのかが謎《なぞ》だった。

＊＊＊

「おかしいと思いませんか」

落ち着いて話せるところへ、という事でファストフードの店に入った。平日の昼前だけあって、あまり人がいない。

隠れ甘党の真尋は、カウンターでシェイクを一つ頼んだ。這い寄る混沌はトレーいっぱいに百円バーガーを積み上げていた。他人の振りをして、真尋は這い寄る混沌から距離を取った。

「おかしいって、何が」

座るなり間髪入れずハンバーガーにかぶりつく少女を見て、真尋は疑問文に疑問文で答える。

「どうして地球にクトゥルーの邪神群がやって来てるんだと思います？」

瞬《また》く間に肉パン一つを食べ終えたニャルラトホテプが、すかさず二つ目の包みを広げつつ言葉を紡《つむ》いだ。

「その前に口の周《まわ》り拭《ふ》け。ほれ」

ケチャップだのマスタードだので口の端を赤や黄色にしているニャルラトホテプに、紙ナプキンを差し出す。

「んー」

テーブルから身を乗り出した彼女に顔を、というより唇を差し出される。拭け、という事なのだろうと判断して、真尋はポケットからフォークを出してテーブルに突き立てた。どん、というその音だけで、ニャルラトホテプは額から汗を流して身を引いた。心なしか顔も青ざめている気がしなくもない。

「どうしてって、理由なんてあるのか」

「いや、ないならないでよかったんですけど。でも考えてみてくださいよ。神話大系の中の邪神群にしろ、そのモチーフになった我々にしろ、その活動範囲は宇宙規模なわけです。宇宙。英語で言うとユニバァァァァスッ！」

「何でそこだけ力が入るんだ……」

嘆息する真尋だが、ニャルラトホテプの言葉は理解できるつもりだ。何しろ惑星保護を謳《うた》って専門機関まで結成するくらいのスケールである。それらの活動の範囲として考えれば、宇宙のほんの一部である太陽系程度に収まるようなものではないだろう。クトゥルー神話大系によれば、宇宙の中心部にもとびきりの邪神がいるのだから。宇宙だけならまだしも、異次元からの侵略者までいる。もっとも、ニャルラトホテプの言う「限りなくノンフィクションに基づいたフィクション」がどこまで正しいのかは定かではないが。

「そんなスケールの我々が、どうして揃《そろ》いも揃って辺境銀河の片田舎《かたいなか》の水の星に愛を込めに来たと思いますか？」

「愛を込めに来たのか、お前らは」

宇宙レベルで話をされると仕方ないのだが、辺境と言われるとあまりいい気分はしない。片田舎がつけばなおさらだ。政令指定都市に住んでいる真尋だが、少なからず地方の気持ちが分かった瞬間だった。

「真尋さん。覚えてますか、今朝お話ししました惑星保護」

「ん、未熟な文明に外部からの手を加えさせない為とか」

「そうです。ですが、地球に限ってはその保護が特別厳重なんです。今、地球に降りられるのは私のような組織の関係者と、後は宇宙連合が認定した公的な輸入業者だけ。それ以外は、すべて密入星です」

「ちょっと待て、何で地球だけそんな特例なんだ」

「そこなんですよ。なぜ地球だけが特別厳しいのか。なぜ神話上のモチーフになるような大物連中がこんなへんぴなところまで来星したか。その理由が、これです」

ニャルラトホテプはテーブルの下に手を滑り込ませたかと思うと、どん、とテーブルの上に何かを置いた。

「お前がさっき買い散らかしたグッズじゃないか」

「オフコース」

美少女のイラストが描かれた襠《まち》付きの大型ビニール袋。かなり容積があるはずのそれが、パンパンに膨れている。中身は、アニメＤＶＤボックス。ティーンズ小説。コミック。同人誌。サウンドトラックも入っているのかもしれない。とにかく、そういった類のグッズ。

「それが何だってんだ……ああ、こんなところで広げるな！　恍惚《こうこつ》の目でパッケージを撫《な》でるな！　頬擦りもするな！　ケースを舐めるな！　早くしまえ！」

「はっ、失礼。ついつい悦に入ってしまいました」

「お前と同席が嫌になったぞ……んで、そのグッズがどうしたよ」

「そうそう。これなんですよ、その理由は」

「どういう事だ」

「この広い宇宙、地球人なんて指先一つでダウンさせられるくらい物理的にも精神的にも力を持った連中が、それこそ星の数ほどいます。ですが、そんな彼らでも地球に唯一遅れを取っているファクターがあるんです」

「それとお前の趣味と何の関係が」

「娯楽です。英語で言うとエンターテインメント」

つん、と満足げに戦利品の袋をつつくニャルラトホテプ。

「え、だって、お前らにしちゃ片田舎の文化なんだろ？」

「いいえ、こと娯楽に関しては地球は宇宙一と言っていいでしょう」

「こっちの何倍も科学力持ってるくせに？」

「昨夜も申し上げましたでしょう。科学技術と精神性は必ずしも一致しない、と」

確かに、耳に残っている。彼女の言では、高度な科学技術を有していても、それを軍事にしか生かせなかった荒《すさ》んだ文明もあったらしい。一応、辻褄《つじつま》は合っているようだ。とはいえ、地球が娯楽では宇宙一という言葉はいまいち実感が湧《わ》かない。

「娯楽、ねぇ。こっちにとっちゃ、ごく普通の事なんだが」

「恒星間移動も我々にとってはわりかしポピュラーな事なんですけどね」

「……なるほど」

とても分かりやすい比較だった。

「地球の娯楽、例えば映画とか歌劇とか読み物、ゲームなどは、宇宙中の注目を集めています。何というか、根本的に脳の構造が違うんでしょうかね？　我々には、そういうのを考え出す思考がそもそもないようなんです」

「こっちにとっちゃ、お前の思考回路というか存在自体がエンターテインメントみたいなもんなんだが」

「お互い様です。で、そんな貴重な星ですから、保護惑星指定されるのも頷《うなず》けましょう？」

「そりゃ、そういう事なら分かりもするけど……って、待て。じゃあ、過去に地球に来てラヴクラフトやダーレスと接触した連中って」

「恐らく、そういう娯楽を目当てに行ったんでしょうね。ラヴクラフト御大《おんたい》もダーレス氏も小説家でしたし。先ほども触れましたが、現在地球に合法的に降りられるのは、惑星保護機構の関係者と、宇宙連合が認めた輸入業者のみです」

「その輸入業者って、まさか扱う品って」

「理解が早くて助かります」

すなわち、娯楽作品。地球の生み出す娯楽が宇宙にとっては共通の財産のようなものだから、それに影響を与えない為《ため》に保護惑星指定する。しかし宇宙にとっても地球のそれらは垂涎《すいぜん》の的なので、連合が認めた輸入業者を通して、宇宙に流通させる。どうにも因果関係がこんがらがっているような気がするが、つまるところそういう事なのだろう。なぜ地球は特別扱いされているのか、分かった気がした。

「そうなると、非合法の手段で地球に入り込んだ密入星人の目的は」

「当然これらの娯楽という事になりますね。麻薬とか人身売買とかも、突き詰めれば娯楽ですから。まあ、今言った二つは輸入もできないご禁制ですがね」

真尋を狙っている犯罪組織は、そういうものを扱っているようだ。ご禁制で通常の手段では手に入らないからこそ、高値で売りさばける。市場の原理は地球でも宇宙でも同じらしい。

今でも時たま思い出したようにテレビや雑誌で宇宙人のアブダクションなどが特集されているが、ひょっとしたらそれらのケースも少女が語った犯罪組織が噛《か》んでいるのかもしれない。まるでコミックの話だ。現実と空想の境目が曖昧《あいまい》になってくるのを感じて、真尋は頭を振った。

「でもお前、何だってわざわざ地球に来てまでそういうの買うんだ。業者通して宇宙でも流通してるんだろ」

「すべてがすべて市場に出回っているわけではないですからね。マイナーなタイトルはありませんし、地球での新刊がこちらに流通するのにもタイムラグがありますから」

「あー」

地球でも、日本のアニメが海外に持ち出される例がある。それと同じ事なのだろう。

「それに業者を通すと、中間マージン取られて市場価格が高くなるんですよねぇ。宇宙広告代理店とかも絡んできますし。現地で買った方が安いんですよ」

「……お前ら、地球の話を宇宙規模でやってるだけなんじゃないのか」

親近感を通り越して再び胡散臭《うさんくさ》さが込み上げてくる真尋だった。

と、ふと気付く。

「なあ、ニャルラトホテプ星人」

「どうしました真尋さん」

「今、地球に来れるのって惑星保護うんたらの関係者と、輸入業者だけなんだよな」

「正規の手段では、そうなりますね」

「で、そういう漫画とかアニメとかは業者を通さないと流通できない？」

「宇宙連合のお墨付きがないと、ほぼ不可能ですね」

「じゃあ——お前が買ったのって、持ち帰っていいのか」

「………………」

露骨に目を逸らされた。もしかしたら個人で楽しむ分には認められるのかと思ったが、どうやら持ち帰る事自体が駄目らしい。

「お前のそれ、違法じゃないのか」

「真尋《まひろ》さん」

「何だよ」

「バレなきゃ犯罪じゃないんですよ……」

「今の台詞《せりふ》、録音しておいたから」

「すんませんマジ勘弁してください」

念の為、携帯電話のムービー録画を起動させておいて正解だった。キーを操作して再生させてみると、周囲の喧騒《けんそう》も入っているとはいえ、ニャルラトホテプの言葉は小さいながらも確かに聞き取れるレベルだった。

「これをお前の上司に知られたくなかったら真面目《まじめ》に仕事しろ」

「うう……宇宙人を脅迫するとは、何という地球人」

　這い寄る混沌は二つの瞳《ひとみ》から滝のように涙を流して、テーブルの上に乗っているグッズの袋を愛《いと》おしそうに抱えた。泣くほどそんなに大事なのだろうか、その袋が。

＊＊＊

　その後、結局はニャルラトホテプの地球観光に付き合わされる羽目になってしまった。何かを見るにつけて、この宇宙人は興味を持って寄り道を始めるのだ。真尋が頑《かたく》なに拒んで帰路へ軌道修正させようとしても、なぜか最後にはずるずると相手のペースに引き込まれてしまう。宇宙一のトリックスターの名は伊達《だて》ではないらしい。

　フォークを突き立てる回数も増えた。一回ごとに付着した赤を拭《ぬぐ》っているのだが、心なしか先端はほんのり薄紅色に染まり始めた気がする。

　そうして、辺りが夕闇《ゆうやみ》に染まろうかという時分。ようやく真尋は、ニャルラトホテプの好奇心を少なからず満たす事に成功した。念願の帰路へ就いているのだ。ほぼ半日遊び回った事になる。肉体的にも精神的にも疲労して、真尋は両肩が下がっているのを実感した。

「いやあ、豊漁豊漁」

　当の本人は妙に肌がつやつやしてご満悦で、それがまた真尋の疲労感を助長させた。だが考えてみれば、全宇宙の興味を引く惑星で保護の対象にもなっているだけに、現地入りはものすごく珍しい事なのだろう。そうであれば、この少女のはしゃぎようも分かる気がした。ギャンブル好きの人間がラスベガス旅行、しかも旅費遊興費向こう持ちの特等を当てたようなものだ。

「だからって僕まで何で荷物持ちを。ってか、妙な場所に連れてくな」

「ランジェリーショップですか。いや、あれは失礼しました。殿方を同伴させるにはきつかったですね。黒のガーターベルトとか。真っ赤《まか》なビスチェとか。なぜか重要な部分に穴が空いているフリル付きショーツとか」

「…………」

「あ、赤くなった。ほんと可愛《かわい》いですね真尋さん」

「うるさい、刺すぞ」

苦し紛《まぎ》れに真尋はフォークを見せるも、ニャルラトホテプは軽くステップを踏んで射程外へと退避してしまう。その間もにやにやと好事家《こうずか》のようないやらしい笑みを浮かべているのが、また腹立たしかった。

「いやいや、無理言って押し込んでもらってよかったですよ」

「押し込む？」

「ええ。今回の事件、本当は私の担当ではなかったんですけど」

「はぁ？」

「本来の担当である同僚が病気を患《わずら》ってしまいまして、代わりに私が来る事になったんです」

「ほ、本来の担当って、お前じゃなかったのか？」

「ええ。同じニャルラトホテプ星人なんですが、どうも前の出張で行った土星で、風土病もらってきちゃったみたいでですね」

「ど、土星の風土病？」

「ええ、サイクラ脳腫というんですが」

「それ、今考えたんだろ」

気が遠くなるほど胡散臭い病名だった。

「その彼、ああ、便宜的《べんぎてき》に男性としますけど、以前にもカッシーニの間隙《かんげき》を攻めてた時に事故って単車を大破させて入院してるんですよ。土星が鬼門なんでしょうかね。若さゆえの過ちってんでしょうかね。そもそも若さって何でしょうかね。振りむ」

「頼むから宇宙規模の世間話をしないでくれ」

ここが地球だという事を忘れそうだった。

「そんなわけで、この私が後任に」

「え、じゃあ何でわざわざ自分の担当外のところに押し込んだんだ」

「あー。何と言っても地球は我々の、というか全宇宙の憧《あこが》れの的ですし。犯罪組織の違法行為を単独で暴くってのは少々骨が折れるんですが、それを考慮しても私にとってはメリットが余りあるほどだったので。それに」

「それに？」

真尋が聞き返すと、ニャルラトホテプは悪戯《いたずら》っぽく笑い、

「護衛対象のデータを見た時にですね、こう、ビビッ！　と、私にも敵が見える的な効果音で。平たく言えばストライクゾーンど真ん中だったので」

唇に人差し指を当てて、艶《つや》っぽい視線をこちらに送ってきた。

「え、あ……」

それはつまり。

真尋が好みのタイプだからだったという意味。

いやいや騙《だま》されるな。こいつは宇宙人で、おまけに這《は》い寄る混沌《こんとん》の名を持つ邪神の元ネタだ。外見こそ美少女のカテゴリーに入ってはいるが、それはフェイクなのだ。表面はいくらでも変化させられる事を、真尋はこの目で見ている。だから赤くなるな、この頬《ほお》よ。

「お分かりいただけました？」

「……こ、公私混同すんなよ。仕事とプライベートは分けるって昨日言っただろ。さっきのあれも、録音してるんだからな！」

少女から顔を背けて、真尋は苦し紛れにそんな言葉しか言えない。落ち着け、ここで動揺したら向こうの思う壺《つぼ》だ。こんなにも顔が熱いのは、きっと夕日に照らされているからだ。そう

強引に思い込む事にした。

「大丈夫ですよ。お給料分はきちんと働きますので」

「買い物帰りの喋《しゃべ》る事か」

「ふむ……では、さっそくお仕事と参りましょうか」

「……は？」

会話の流れが摑《つか》めなくて、真尋はニャルラトホテプに向き直った。

見ていると異世界にでも吸い込まれてしまいそうに深い碧眼《へきがん》。その瞳孔《どうこう》が、きゅ、と収縮したように見えた。

そこから先は、妙にスローモーションに感じられた。這い寄る混沌が、後生大事に持っていた戦利品の袋から手を放す。どさ、と地面で音がしたかと思った瞬間、すでにニャルラトホテプは真尋の眼前にいた。なぜか歯を剝《む》き出して、楽しそうに笑っている。その小さく綺麗《きれい》な左手が、ちょうど弓の弦《つる》を引くように後方に引き絞られる。握り拳《こぶし》だった。

「な」

にを、と真尋が口から漏らす前に。

少女の肩の可動範囲限界まで引き溜《た》められた左拳が、真尋に放たれた。

思わず目を閉じてしまう。

ごり、と鈍《にぶ》い音がした。

痛みはなかった。それを感じる前に、顔面が弾《はじ》け飛んでしまったのだろうか。あんな黒い巨体の化け物を素手《すで》で殲滅《せんめつ》するような、さらに上位の化け物の拳だ。自分のような普通の人間なんて、一瞬にして消し飛ばされるに決まっている。

でも、それでは。

さっきの鈍い音は、誰《だれ》が聞いたのか。

そして今この瞬間、その疑問を抱いているのは、誰なのか。

真尋はゆっくりと、まぶたを開いた。開くまぶたがあるという事だ。頭部をふっ飛ばされてなどいない。

まず飛び込んできたのは、視界いっぱいのニャルラトホテプの顔。その碧眼はこちらではなく、正確にはこちらの後方を見ているらしかった。そして少女の肩から伸びる腕は真尋の顔の真横を素通りして、これまた後方へと流れている。真尋に当たっている部分は何一つなかった。

では、この拳は誰に、あるいは何に対して放たれたのか。

「ウボァ……」

あえて言葉で表記すれば、そんな音。奇妙な響きを、真尋は背後から聞いた。真後ろというよりも、やや上の方からだ。今まで聞いたどんな動物の鳴き声とも違う、理由もなく心を不安にさせるような音の塊。

背後に回されたニャルラトホテプの腕を辿《たど》って、首を後ろに回してみる。

一面の黒があった。

ニャルラトホテプの拳が、その黒のど真ん中を射抜いている。よく見るとそれは、ただ野放図な黒さではない。所々に光沢があり、黒の中でもさらに陰影があり、立体感があった。

真尋がゆっくりと顔を上げる。

見覚えのある、捻《ねじ》れた二本の角。

昨夜、さんざん追いかけ回された漆黒の化け物だった。夕焼けに染まる町並みが見えないくらい視界が黒かったのは、その長大な翼を広げていたからか。

「ウボァー」

また鳴いた。何だか先ほどよりも間が抜けた声だ。

「うわっわわわ！」

真尋は飛び跳ねるようにして、ニャルラトホテプの背中に隠れた。この至近距離まで近付かれたのに、まったく気配がなかった。這い寄る混沌の一撃がなければ、今頃《いまごろ》は確実に化け物に捕らえられていただろう。

腹部に拳をめり込ませた化け物が、ゆっくりと仰向《あおむ》けに倒れる。ずん、と地面を伝って鈍い音が響いた。

「危なかったですね、真尋さん」

「あ、ああ……」

突然の事に、まだ頭の整理がついていない。心臓の動悸《どうき》も早まっている。

「ようやく釣れましたかね。まったく時間をかけさせてくれますよ」

「ど、どういう事だ」

「いや、どういう事も何も。こいつらの目的は真尋さんなんですから、真尋さんを連れ回せばおびき出せるじゃないですか」

「おま、お前、僕を守るんじゃないのかよ！　危険に晒《さら》してどうすんだ！」

「真尋さん」

「な、何だよ」

真剣極まる眼差《まなざ》しを受けて、たじろいでしまう真尋。

「我らがニャルラトホテプ星の格言にこういうものがあります。『護衛対象は泳がせて敵をおびき寄せろ』と」

「ものすごく使い道が限定される格言だなおい」

限定されるどころか他に使えるシチュエーションなどなさそうだった。

それにしても、と真尋は道のど真ん中で大の字になって伸びている化け物を見やる。まさかこんなにも明るい内から仕掛けてくるとは思わなかった。周囲の目もあるはずなのに。

そう思って、ふと気付く。夜ならまだ分かる。この巨体の化け物の黒は、保護色になって一見しては分からないはずだ。でも、今はまだ日が沈み切っていない。遠目に見ても、この生き物が異常な事は分かるはず。しかも、路上でこれだけ騒いでいるのだ。なのに、近隣の家屋からは外を窺《うかが》う様子すらない。

「大丈夫ですよ。いくら騒いだところで、周囲にはまったく気付かれませんから」

「いや、心を読むなよ」

「対象の周囲の狭い範囲だけ、空間の位相をずらす技術がありまして。対象がいる空間と外の空間は微妙にずれてますから、例えばその中でどんな奇行をしても外からは見えませんし、物音一つ聞こえません」

「ごめん、分からない。お前の性格が」

「人格攻撃まで始めましたねこの人は。まあ平たく言えば人の目を気にせず戦えるご都合主義の結界という事です」

ものすごく分かりやすい説明だった。

しかし、もしかしたら、と思う。昨夜この黒い悪魔に追われた時に、歩き慣れた道のはずなのにまったく知らない景色《けしき》のように感じた。いつまで走っても一向に家に辿《たど》り着かない気がしていた。それらもニャルラトホテプの言う空間の位相云々《うんぬん》なのかもしれない。そう冷静に考えるに至って、この非日常に少なからず順応してしまっているのだと真尋は自己嫌悪に陥《おちい》った。

と。

真尋が頭を抱えていると、地面に広がっていた闇色の化け物がぴくりと動いた。そんな些細《ささい》な挙動にも過敏に反応して、真尋は這い寄る混沌の背中に隠れる。

「あなた、男として恥ずかしくないんですか」

耳に痛い台詞《せりふ》だった。

「うるさい馬鹿《ばか》！　全然倒せてないじゃないか！　お前、本当に僕を守る気とか能力とかあんのかよ！」

「ちょ、失礼な！　これでも私はディフェンスには定評があると本星でも有名な」

「ウボァー！」

唐突に始まった醜《みにく》い言い争いを遮《さえぎ》るようにして、おどろおどろしい鳴き声が木霊《こだま》する。真尋とニャルラトホテプは同時に口を閉じて、音のした方を見た。

黒いラバー質の巨体は完全に起き上がっていた。蝙蝠《こうもり》のような羽根を一杯に開いて、やや上を仰《あお》ぎ見るように両手を同様に広げている。

「グ……ズ……ギャアアアム！」

肺や声帯などというものがあるのか定かではないが、化け物はまるで全身から声を絞り出すように金切り声を発した。子供の頃に見た特撮の怪獣の鳴き声に、黒板を爪《つめ》で引っ掻《か》いた音をプラスしてひどくしたような、身の毛もよだつほどの響き。

「な、何だ」

「仲間を呼んでいるんですね」

「分かってんなら止めて来いよ！」

一匹でも真尋の安息を脅《おびや》かすには充分すぎるのに、これ以上増えては生命すら脅かされそうだった。

「え、止めちゃうんですか？」

ニャルラトホテプが不思議そうな表情を浮かべる。その顔はまるで、「もったいない」と言外に語っているようでもあった。

「止めちゃうんですかって……止めないのか？　敵が増えるんだろ？」

「え、でも経験値稼げますよ？」

「は？」

「いえ、こいつらってすぐ仲間呼んで増える割に弱いんで、一匹だけ残して放置してやればどんどん狩れて短時間で結構経験値が入るんです。我々の間ではこれをナイトゴーント道場と」

「御託《ごたく》並べんと、はよ止めてこい」

フォークを握りしめ、ニャルラトホテプの頸動脈《けいどうみゃく》に押し当てる。

「……はい」

ごくりと喉《のど》を鳴らし、額に汗の玉を浮かべてニャルラトホテプは震える声で頷《うなず》いた。やはり人外にはフォークが覿面《てきめん》のようだった。

「よし、行け」

「分かりました……ではお見せしましょう、宇宙ＣＱＣの恐ろしさを」

「宇宙ＣＱＣ？」

また怪しげな単語が少女の口から飛び出した。

「Close Quarters Combat、近接格闘術の事です」

「いや、どちらかというと宇宙の部分が分からんのだが」

「なまらすごい格闘術という事です」

「実はお前、適当に形容詞付けてるだけだろ」

真尋の突っ込みから目を逸《そ》らすように、ニャルラトホテプは化け物に向き直る。そして何を思ったか、黒い巨体目掛けて悠然と歩み始めた。ほろ酔い気分で街中を鼻歌混じりで散策するような、そんな気安さで。

そうして化け物の眼前まで接近して。

右足を後方に振り上げて。

振り子のように勢いをつけて。

インステップで。

化け物の股間《こかん》を。

蹴《け》り上げた。

「#$%&：@⁉」

およそ人類では発音も聞き取りもできないような響きだった。今まで大仰な構えで仲間を呼んでいた化け物は、その丸太のようにたくましい両腕で股間を抑えたまま、前のめりで地に伏した。そのショッキングな光景に、思わず真尋も腰を引いてしまう。あの怪物に性別があるのかは定かではないが、このリアクションはまず間違いなく急所であった。

その化け物の後頭部に当たる部分に、ニャルラトホテプの蹴りが炸裂《さくれつ》する。人体の中でも堅い部位の踵《かかと》を用いた蹴り下ろしだった。めき、と音がした。少し離れて見ているこちらの骨の髄《ずい》にすら響いてきそうだった。

さらにニャルラトホテプはどこから出したのか、手に煙草《たばこ》の箱を握っていた。底の部分をトントンと叩《たた》き、吸い口を覗《のぞ》かせた一本を摘まみ取る。そして慣れた手付きで火を点《つ》け、その先端を化け物の首筋に押し付けた。

びくん、と身体《からだ》を震わせて、首筋を押さえたまま路上を転がり回る黒い魔物。だがニャルラトホテプはそれでもなお、追いかけていって煙草の火を押し当てた。

のたうち回る。

根性焼き。

のたうち回る。

根性焼き。

そんなサイクルが何度も何度も繰り広げられた。気が遠くなるほど陰湿な攻撃方法に、その

うち怪物は仰向けになってぴくりともしなくなる。

だが這い寄る混沌の暴虐《ぼうぎゃく》はまだ終わらない。軽やかにステップを踏みながら、ニャルラトホテプは路上に広がっている化け物に馬乗りになった。もっとも片や体長二メートルを超える巨体、片や真尋よりも華奢《きゃしゃ》な少女である。分厚い胸板の上に座る程度のものだ。

問題は。

ニャルラトホテプの両手に一つずつ、どこから拾ってきたのか、大の大人の握り拳ほどもあるような石が握られている事だった。

にやり、と。

這い寄る混沌が、口の端を歪《ゆが》めた。目の当たりにした真尋が生涯《しょうがい》忘れられなさそうな邪悪な微笑《ほほえ》みだった。その場で真尋は回れ右をして、後ろを向いた。

今日の夕日はとても赤い。

ごき、だの、めきょ、だの異音が背中越しに聞こえてくる。

目を閉じていてもまぶたの裏にまで染み込んできそうなほど、立派な夕焼けだった。

まだ謎《なぞ》の効果音は続いている。むしろ音の間隔が狭くなってきている気すらある。

明日はよく晴れそうだ。洗濯物もよく乾くので嬉《うれ》しい限りである。

聞こえてくるのが今までは何かを砕くような乾いた音だったのが、だんだん湿った音に変化してきた。ぐちゃ、びしゃ、文字にするとそのような擬音。

やがて、ひときわ大きい水音がしたかと思うと、それっきり静かになった。背筋にえも言われぬ怖気《おぞけ》が走る。一転しての沈黙に、耳が痛いくらいだ。

恐る恐る、真尋は後ろを振り向く。

そこには、何かをやり遂げたように男らしい笑顔を浮かべたニャルラトホテプの姿があった。ただし、服の前面、右の腰から左肩辺りにまで、まるで何かをぶちまけたかのように真っ黒く染まっている。それは服に留《とど》まらず、彼女の首筋から頬《ほお》付近にまでべっとりと付着していた。

気のせいか、少女が持っている石が数分前に比べて小さくなっているように見える。大人の握り拳くらいだったものが、今ではニャルラトホテプの華奢な手の平にすっぽり包まれるくらいだ。やはりその石も黒い何かで染まっており、少女のほっそりとした指先から地面へと雫《しずく》が滴り落ちている。

きっとあれは墨汁《ぼくじゅう》か何かだ。たまたま路上に落ちていたものをニャルラトホテプが踏ん付けたか何かで破裂させたから、あそこまで返り血……いや、血じゃなくて、返り墨汁を浴びているのだ。そうに決まっている。這い寄る混沌の背後に隠れて見えなくなっている化け物には、意識して視線を移さないようにする真尋だった。

両手の石を投げ捨て、ニャルラトホテプはにっこりと、その顔に謎の液体が付着していなければ真尋も胸を高鳴らせたかもしれないほどの笑顔で、サムズアップをしてみせた。

「これぞ宇宙ＣＱＣ！」

「……僕にはお前が犯罪組織側の人間に見える」

敵の戦闘員をマウントポジションで撲殺《ぼくさつ》する正義の味方など聞いた事もなかった。

「とまあ、こんな具合に何があっても全身全霊を賭《と》して真尋さんをお守りしますので、どうかお側に置いてくださいな」

場合が場合なら心の琴線に響きそうな甘い台詞だったが、そういう事は身体の黒い液体を拭《ぬぐ》って、後ろに広がっている肉塊も片付けてから囁《ささや》いて欲しかった。昨日の化け物は爆発と共に雲散霧消したのに、どうして今日のあれはグロテスクな形状そのままで残っているのだろう。

「ちなみに今のが一式で、私の宇宙CQCは一〇八式までありますから」

「……それ、全部見せるつもりか」

幕間

『それ』は暗い闇《やみ》の中、己《おのれ》の身をたゆたえていた。

『それ』は闇が嫌《きら》いではない。魚の口にいた時はずっと暗かったし、それに。

暗闇ならば、照らせばいいだけの事。

事実、漆黒《しっこく》の空間において『それ』だけは、あたかもそこに恒星が出現したかのように輝いている。橙色《だいだいいろ》だったり緋色《ひいろ》だったり、深紅《しんく》だったり。見る瞬間ごとに形状と色彩を変える、うつろえるプラズマ。

時間の概念すらないような闇の中で『それ』は、ただじっと待っている。待つのは慣れている。これまでもずっと待ち続けた。しかし、今回はいささか焦《じ》れていた。

もうすぐだ。

あと少しで、まみえる。

『それ』にとって最も重要な存在に。

長年の因縁に決着をつけなければならない。その為《ため》に、犯罪組織とだって手を組んだ。営利誘拐《ゆうかい》などというくだらない企《たくら》みに加担している形になるが、そんな事は問題ではないのだ。

這《は》い寄る混沌《こんとん》。

ニャルラトホテプ。

心の中でその名を紡ぐだけで、『それ』の輝度が高まった。

と。

何もないはずの空間に、何かの気配がした。

『それ』が意識をそちらに向けると、いつの間にか人影が立っていた。老人、に見えた。『それ』自身の光に照らされたその人影は、真っ白な頭髪と灰色の髭《ひげ》をたくわえている。

老人は、かつ、と手に持っている杖《つえ》を一鳴らしした。

「我が下僕が対象の確保に失敗したようだ」

しわがれた声だった。しかし不思議と聞き取りづらさはない。もっとも、例え耳という器官で把握できなくとも『それ』にはテレパシー能力があるので問題にはならない。

「……元より成功するとは思っていない」

『それ』が初めて口を開いた。その響きには億劫《おっくう》さがあり、必要がなければ一言も喋《しゃべ》りたくないという怠惰《たいだ》のような感情が滲《にじ》んでいる。

そう、成功するとは思っていなかった。夜鬼などという虫けらの如《ごと》き矮小《わいしょう》な雑兵《ぞうひょう》風情《ふぜい》に、這い寄る混沌が打ち倒せるはずがない。蟻《あり》が巨象に挑むようなものだ。端《はた》から上手《うま》くいくとは露ほども思っていない。

その役割はこちらのものだ。

誰《だれ》にも譲るわけにはいかない。

「……大丈夫なのであろうな。あの混沌を任せてもよかろうな」

「……問題ない。すでにンガイの森は焼き尽くしてある。逃げ込む場所はない。ニャルラトホテプの活動は著《いちじる》しく制限されている。逃がさない」

「であればよいが……勝てるのだろうな。此度《こたび》の計画は這い寄る混沌が最大の障害。あれの排除なくしては対象の確保もかなわぬのだぞ」

老人の低く響く声を強引に掻き消すように、『それ』は老人の喉元を鷲掴《わしづか》みにした。

「血を流せ……」

凄《すご》みを利かせて呟《つぶや》き、そのままきつく絞《し》め上げる。

「ぐ……おお……」

手の平に、皺《しわ》だらけの喉から唸《うな》りが伝わってくる。不快だった。この老人の何もかもが。このまま灰になるまで焼き尽くしてもよかったが、後々面倒になりそうだったので、ある程度のところで力を緩める。

「う、ぐ……すまなかった。そなたの力を疑っているわけではないのだ。配慮が足りなかった」

苦痛に顔を歪めながら、老人が声のトーンを弱める。

『それ』が興味を失ったように手を振る。疾《と》く去《い》ね、という事だ。

老人は何か言いたげではあったが、渋々といった様子で闇に溶け込むようにその姿を消した。

老人がいた場所を一瞥《いちべつ》すらせず、『それ』は鼻で笑う。まったくもって情けない。エルダーゴットに名を連ねる存在とはいえ、個体差があるという事か。

個体差。

身に覚えがありすぎるその単語に、苦笑する。

それっきり。

『それ』は再び、無窮《むきゅう》の闇に身をたゆたえて、じっと待つ。

ニャルラトホテプを、ただひたすらに。


生ける炎と人は呼ぶ。

旧支配者の一柱にして火を象徴する神性。

名を、クトゥグアと言った。

2．未知なる学舎《がくしゃ》に夢を求めて（ロマン的な意味で）

八坂《やさか》家の朝はいつも早い。父親は朝五時半から始まる経済ニュースを見るのが日課になっているし、母親も朝食の支度《したく》やらゴミ出しやらで、それよりも早く起きている。そして、家に生活の音が響けば真尋《まひろ》も自然と目を覚ましてしまうもので、六時頃《ごろ》になると一家で食卓を囲むようになっていた。もっとも、休日はその限りではないが。

そんな毎日が続くはずだった。

が、今は。

「うーん……むにゃむにゃ」

居間のソファーで毛布を被《かぶ》って寝ている、邪神兼宇宙人兼真尋のボディガードである少女の姿。実際にこうまではっきりと「むにゃむにゃ」と聞こえる寝言は初めてだった。実はこの宇宙人、わざとやっているのではあるまいか。

「あんっ……真尋さん、そこはだめぇ……」

「お前、起きてるだろ」

「いや、確かにそうではあるんですが。ちょっとくらい赤面してくださいよ」

あっさり上体を起こして、ニャルラトホテプはつまらなさそうに頬《ほお》を膨らませた。二回目の朝を迎えて、真尋もおおよそ這《は》い寄る混沌《こんとん》の傾向が摑《つか》めてきた。お約束通りの言動は確実に何かを狙《ねら》っているのだ。まったくこの邪神脳は。

玄関先から取ってきた朝刊をニャルラトホテプに投げて、真尋はさっさとキッチンへと足を運んだ。両親が十七回目のハネムーンから帰ってくるのにはまだ日がある。炊事洗濯は一人でこなさなければならないのだ。

包丁を握り、味噌汁《みそしる》の具を切る。同時に、冷蔵庫に残っていたアジの開きをグリルに突っ込み、点火。後は適度に野菜分を補《おぎな》う為にもやしを茹《ゆ》でる。もやしはいい、煮てもカサが少なくならないし、栄養もある。何より安い。一人暮らしの必需品。

ふと、居間を見やる。そこには朝刊を読みながら、昨日の夕刊の片隅にあるクロスワードパズルを解いている銀髪碧眼《へきがん》の少女。あれに、家事を手伝わせる事はできないだろうか。

少し思案して、真尋はかぶりを振った。どう考えても、奴《やつ》に地球レベルでの家事をこなせるとは思えない。あざとい少女の事だ、生卵をレンジに入れて爆発させるとか、塩と砂糖を間違えたとかで、これ見よがしなポーズで媚《こ》びてくるに違いない。しかもなぜかカメラ目線で。

結局は自分でやるしかないのだ。

そうこうしているうちに、魚も焼き上がった。脂の弾《はじ》ける音を立てるそれを平皿に移して、二人分の白飯と味噌汁を盛り付け、往復して食卓に乗せる。

「ごは」

「私を呼ぶ声がするッ！」

「ん」

ものすごい反応のよさで、居候《いそうろう》宇宙人は真尋が言葉を言い終える前に席に着いていた。地球人を遥《はる》かに上回る高度知的生命体のくせに何と意地汚い。

「いただきます！」

ニャルラトホテプは手を合わせて、スピーディにアジの小骨を取り始めた。その光景に心底呆《あき》れつつも、真尋も箸《はし》を取る。

「あ、なあ宇宙人」

「むぐ？」

「今日は平日なんだけどさ、学校行ってもいいんだよな？」

異星人の犯罪組織に狙われている身空とはいえ、真尋は一介の高校生だ。学校の勉強は遅らせたくはない。組織に追われるのがいつまで続くか定かではないけれど、学業は確実に当面は続くのだ。どちらに重きを置くかと問われれば、まだ現実的な学業を取るのが真尋だった。

「問題ありません、真尋さんは普通に学校に通ってくださって結構です」

「とりあえず、守ってくれるんだよな？」

「その為に私は地球までやって来たんですから」

真顔で凛々《りり》しく答えるニャルラトホテプだが、箸はしっかりとアジの身を捕らえて離さない。緊張感がまったくなかった。

ニャルラトホテプが守ると言った以上は、敵の襲撃に関しては問題なさそうだ。昨日の一件で、彼女の操る宇宙CQCという謎《なぞ》の格闘術の強さは目の当たりにしている。もっとも、大半はいたたまれなくて目を逸《そ》らしていたが。

ひとまずは安心か。胸を撫《な》で下ろしつつ、真尋は味噌汁を一すすりした。

「あ、私ちょっとやる事があるので真尋さんはお一人で登校してくださいね」

「ん、分かった」

一人で登校ね、と頷《うなず》いて、ご飯を頬張る。

一人で登校。

一人で。

「ってちょっと待て」

「むぐ?」

「お前、守ってくれるんだよな?」

「そうでしょうが」

「なのに僕を一人で行かせたら駄目《だめ》だろ」

「いや、そうではあるんですがこちらも色々と手続きが」

「手続き？」

「あ、こちらの話。大丈夫です。我々二人、どんなに離れていても心は通じ合ってますから」

「心臓に宇宙盗聴器を仕掛けてるって意味じゃないだろうな」

「…………」

露骨に明後日《あさって》の方向を見やるニャルラトホテプ。

「まさか仕掛けてるのか？」

ポケットからフォークを抜き放つ。

「いえ、さすがにそれはありません」

至極真面目《しごくまじめ》な表情で答えられた。しかしその双眸《そうぼう》は真尋本人ではなく、ただフォークにのみ注《そそ》がれている。対邪神兵器として第二の人生を歩んでいる、先端がほんのり錆色《さびいろ》のフォークに。

「しかしまあ、こちらもしなければいけない事があるのは事実なので。申し訳ありませんが、今日だけはお一人で行っていただけませんか」

「……登校中にまた化け物が襲ってきたら」

「その時は光の速さで明日へダッシュ、もとい真尋さんの元へ駆け付けますから」

「間に合うのかよ」

「『間に合うのか』ではなく、『間に合わせる』んです。それはぜったいに、ぜったいです」

テーブルから身を乗り出して、あまりにも力強く宣言する這い寄る混沌に、真尋は反対に身を引いてしまう。その根拠のない自信はどこから来るのか、とも思ったが、この宇宙人は真尋が理解できない根拠を持っているのかもしれない。何にしろ、地球人のものさしでは測れないのがニャルラトホテプという存在だ。

「……分かった、信じる」

「光栄です。じゃ、おかわりー」

居候、二杯目までは大胆に。

溜息《ためいき》を一ついて、真尋はご飯を盛りに台所へと戻った。

＊＊＊

本当に何事もなく教室までやって来られてしまった。この二日間のパターンで言うと、登校途中に化け物が出現して、ピンチの時に颯爽《さっそう》とニャルラトホテプが現れて美味《おい》しいところを持っていく展開だと思っていたのに。

しかし何事もないという事自体は歓迎すべきだ。と同時に、それを喜ばなければならない状況になった事実に凹《へこ》んだ。病気になって初めて健康って素晴らしいと考えるのと一緒だ。

ともあれ。

休み明けの教室はとても賑《にぎ》やかだ。一部、やかましいと思えるほどに、クラスメイトの皆は雑談に余念がない。たった一日会わないだけで、伝えるべきエピソードは山ほど増える。それが学生というものだった。

「おはよう、八坂君」

ふと、背中を叩《たた》かれる。振り向くと、そこには一人の男子生徒。眼鏡《めがね》をかけて、髪の毛をきちんと切り揃《そろ》えている、見るからに真面目《まじめ》そうな少年だった。

「おはよ、余市《よいち》」

ようやく安心できる顔に会えて、真尋は表情を柔らかくした。

余市健彦《たけひこ》。外見から窺《うかが》えるイメージそのままの優等生でクラス委員長だ。入学の時に出席番号の関係で席が隣になってから、ずっと懇意にしている。学校で一番気の置けない友人だった。

「……何か。疲れてそうだね、八坂君」

お互いに家に招く交友関係なのに、未だに余市は真尋を君付けで呼ぶ。他人行儀ではなく、単に律義な性格なのだ。

余市は真尋の前の席に座り、すぐさま身体《からだ》の向きを反転させてきた。クラス内における二人のお決まりポジションだ。

「疲れてるんだよ」

「休みだったのに？」

首肯《しゅこう》して、真尋は机に上半身を投げ出すようにして頬杖《ほおづえ》を突いた。ここで事の顚末《てんまつ》を語るのは容易《たやす》い。だがそれはあくまで真尋にとって簡単なだけであって、この友人が信じるかどうかはまた別の問題だ。

それに万が一、余市を巻き込むような事になってしまったら危険だ。あの這い寄る混沌は真尋を守るとは言ったが、真尋に関《かか》わる者すべてを守るとまでは言っていない。得てしてこういうパターンは融通の利かない展開になるものだ。だから極力、関係の深い人々にはこちら側に踏み入らせてはいけないのだ。

「ま、いいや。あ、宿題って数学だけだよな？」

「そうだろうけど、宿題とは別に英語は今日は君じゃないのかい。一昨日は俺《おれ》だっただろう」

「……え」

さあ、と血の気が引くのを感じた。あの英語の教師は教科書の英文和訳をさせる時に、律義に座席順で行うのだ。余市の言う通り、前回当たったのは彼。となると今回は、その真後ろの。

「……ほら」

真尋の表情だけですべてを悟ったのか、余市は見事な筆記体で綴《つづ》られている英語のノートをよこしてきた。

「……面目ありません」

頭を下げて受け取り、速記モードに移行する。

「それも忘れるほど忙しい休みだったのかい」

「忙しいというか……説明のしようがないんだけど」

「やっぱり一人だと色々つらいか」

余市は真尋の家庭事情を知っている。毎年、一人息子を置いて旅行に出かけてしまう両親の事を。特に隠す必要もないし、友達なのだからそういう事も含めて知っていてほしいと考えるのが真尋だった。

とは言え、さすがに「異星人に人身売買されるところを違う異星人に助けてもらいました」とまでは言えず。

「まあ、元気は元気だよ」

曖昧《あいまい》にお茶を濁《にご》すしかない真尋だった。

と、和訳を三分の一ほど書き写したところでチャイムがなった。ホームルーム開始の合図だ。舌打ちしつつ、真尋はとりあえずノートを机の中にしまった。

余市が正面を向くのと、教室のドアがスライドしたのはほぼ同時だった。

担任の教師が眼鏡の位置を直しつつ、教室に入ってくる。三十路《みそじ》でそろそろ嫁さんが必要な年齢の英語教師だった。ホームルーム中に英訳の書き写しをできない理由はここにある。英語の担当はまさに彼なのだ。

日直の号令で起立、礼、着席。

「えー、早速だがみんなに仲間が増える事になった」

唐突にそんな事を言われて、生徒が一斉《いっせい》に担任を見る。

「転校生という事だ」

途端に、ざわめきが教室を包み込んだ。真尋もご多分に漏れず、前の余市に声をかける。

「転校生って、この時期に？」

「まあ、転校の事情に時期も関係ないだろうけど」

もっともだ、と真尋は納得した。

「あー、みんな静かに。それじゃ、入ってきなさい」

担任の声に、クラス全体が入り口のドアに視線を集中させる。果たして男か女か。いい奴か悪い奴か。一見して分からないところまで想像して、勝手に期待する。

そんな中、ドアが軽い音を立てて開いた。

瞬間、生徒達の息遣いが止まる。

真尋も例外ではない。

しかしそれは、他の生徒とは別の意味で。

入ってきた生徒は、少女だった。目にも眩《まぶ》しい銀色に染まった長い髪を優雅に揺らして、学校指定のスカートから伸びる細く引き締まった足で、教壇へ。その横顔は明らかに日本人離れした作りをしており、瞳《ひとみ》の色も碧《あお》い。小柄に見えるが、不思議と目を引くようなしっかりとした存在感があった。

そして、真尋はそれらをすべて知っている。

「えー、名前と簡単な自己紹介を」

こくり、と頷いて、転校生はその華奢《きゃしゃ》な白い指先で、黒板にチョークを走らせていく。生徒達はそれを一瞬たりとて見逃さない心構えで追っていく。

八坂。

ニャルラトホテプ。

星人。

真尋は英和辞典を投げつけた。

「三日でこの学校をシメぐげぇ！」

放物線を描かずにほぼ初速のまま、辞書は転校生——這い寄る混沌の眉間《みけん》にヒットした。

「おま、お前は何をやっている！」

「ちょ、先生！　いきなり転校生いじめが発生しましたよ！　担任としていいんですか！」

眉間を押さえつつ、ニャルラトホテプは目に涙を浮かべて横の教師に抗議する。

「いじめ……？」

ぴくり、と担任の眉《まゆ》が持ち上がった。そのまま顎《あご》に手を当てて何かを思案するそぶりで、ニャルラトホテプと真尋を交互に見やる。そうして、今度は上を仰ぎ始めた。天井のタイルの数でも数えているのか。

やがて、ふと思い出したように生徒達のいる正面を向き、

「じゃれ合っているだけだと思った。いじめだとは感じなかった」

「いや、そこで予防線張らないで！」

機械的にアリバイを作ろうとする担任に、ニャルラトホテプはすがり付く。それを尻目に真尋は席を立ち、教壇に大股《おおまた》で近付く。そしてニャルラトホテプの前に立ち、彼女の後頭部を摑《つか》んで無理やり屈《かが》ませた。

「おいこら、お前どういうつもりだよ」

自分も這い寄る混沌に目線を合わせて、周囲に聞こえないように囁《ささや》く。

「どういうつもりと申されましても。ほら、私の使命は愛《いと》しの真尋さんをお守りする事なので」

「だからって何でわざわざ転校までしてくる必要があんだよ、外で張ってろよ！」

「いやいや、身近にいた方が色々と守りやすいでしょうが」

やられた。迂闊《うかつ》だった。お約束が好きなこの宇宙人の事だ、転校生を装って潜入するなんて火を見るより明らかだったろうに。今朝言っていた手続きというのも、こういう意味だったのだろう。その時に予測できなかったのは真尋の落ち度だ。

だからといって、納得できるわけもない。

「だいたいお前、何で名字がうちなんだよ」

「いや、その、他にいい考えが浮かばなかったので」

「お前はぁ」

「いいですか真尋さん。何度も言いますがあなたは狙《ねら》われているんです。そして連中は、やると決めたらTPOを弁《わきま》えずに絶対にやる。この一件が解決するまでは、真尋さんに安全地帯はないんです。ただ一箇所、私の側《そば》を除《のぞ》いて」

ぐ、と真尋は声を詰まらせた。正論だ、これ以上ないくらい正論だ。非現実的な案件に関しては、もとより一般人代表の真尋が反論できるわけがない。確かに、こと護衛に関してはこれよりもベストな選択肢はなかった。納得、するしかなさそうだ。

「……分かった。だけどお前、護衛目的なんだから目立つなよな。騒ぎ起こしたら蹴《け》り殺すぞ」

「分かってます、分かってますさ、真尋さん」

「おーい、何をやっているお前達」

頭上から声がした。顔を上げると、担任がこちらを不思議そうに見下ろしている。

「あ、いえ、何でもないです」

真尋は平静を装って席へと戻った。力強く断言するニャルラトホテプに一抹《いちまつ》の不安はよぎったものの、もうすでに転入手続きまで済ませてしまったものは、そう簡単にはなかった事にはできないだろう。仕方がなかった。

ニャルラトホテプは黒板消しで自分の板書を消して、その上に再度チョークで書き直す。

八坂ニャルラトホテプ。

「いやいや、字を間違えました。どうもまだ日本語に慣れていませんで。弘法《こうぼう》も筆の誤《あやま》りって奴《やつ》ですね。ほら、例えるなら昔『乾布摩擦《かんぷまさつ》』の事を、寒風吹き荒《すさ》ぶ中でやるから『寒風摩擦』だと思っていた、みたいな?」

めちゃくちゃ日本語慣れしてるじゃねーか、と真尋は口の中だけで呟《つぶや》く。八坂姓は相変わらず訂正されてはいないし、名前の部分はちょっと知っている人間ならまず疑うのではないかと思うが、ここでまた騒ぎ立てるのもまずい。普段の素行的に。

「えー、八坂ニャルラトホテプさんだそうだ。見ての通り、留学生だ。みんな、言語の壁など気にしないで仲良くするように」

そういう設定だったのか。

「八坂ニャルラトホテプです。どうぞ気軽にニャル子とお呼びください」

どんな愛称だ。

「あのー」

割って入るように、級友の田中《たなか》がおずおずと挙手する。

「はい何でしょう！」

びし、とニャルラトホテプは指差した。

「八坂、って、うちの八坂とどういう関係で」

余計な事言うな、田中。

そんな真尋の胸中をよそに、クラスがにわかにざわめき始めた。やはり口には出さないものの、それぞれ気になってはいたらしい。

迂闊な事は答えるな、とニャルラトホテプにアイコンタクトを試みる真尋。それに気付いたか、彼女は小さく頷《うなず》き、誰《だれ》にも分からないようにサムズアップを見せた。

「関係ですか。そう、例えるなら五十六億七千万年経《た》っても愛しぶげぅ！」

「衆生《しゅじょう》を救いに来るのかお前はっ！」

真尋の投げた国語便覧がニャルラトホテプの上唇を強打した。ちょうど角の部分で。

「おい八坂。転校生いじめはやめなさい」

「すみません」

「うむ」

「いや、それだけで済ますんですか！」

ニャルラトホテプは必死にすがり付くも、面倒事を起こしたくないらしい担任は無干渉を貫いている。その姿勢も事が発展すれば問題となるだろうが、真尋にとってはありがたい。

「えと。こいつ、親戚筋《しんせき》で。単身で日本に留学してきたから、うちで面倒見る事になって」

とりあえず背景をでっち上げてみる。

「親戚って、外国籍でも同じ名字《みょうじ》使うのか？」

田中、後で蹴り倒す。

「使うんだ」

「いや、でも」

「使うんだよ」

「…………」

視線で殺せるくらいメンチ切ってやると、田中は押し黙って顔を伏せた。これでうるさい追及はなくなって、後は肝心の宇宙人だ。

「あーそうですね。留学です留学。ちきゅ、もとい日本の文化に非常に興味があったもので」

間違ってはいなかった。ただしその文化は、漫画やアニメ、ゲームなどに偏《かたよ》っているが。

「そういうわけだから、みんな仲良く問題を起こさないでくれ」

最後に担任の本音が出たようだ。

「時に先生、私はどこに座れば」

「そうだな……色々と不慣れな事もあるだろうから、八坂の隣がいいか。ちょっと八坂の隣、一つずつ下がってくれ」

そんな事だろうと思っていた。まあ下手《へた》に離されるよりは近くにしてもらった方が監視しやすくはある。

「よろしくお願いしますね、真尋さん」

「……くそ」

脳天気に締まりのない笑顔を浮かべるニャルラトホテプが心底恨めしい。

と、そこでホームルームの終わりを告げるチャイムが鳴った。

「おっと、時間かかりすぎたか。連絡は、特になし。それじゃ」

別のクラスで授業があるらしい担任は、場を軽く締めると足早に教室から出ていった。

ドアが閉まると同時に、クラスメイトも行動開始。一限目が始まるまで、残り五分。そんな限られた時間だというのに、一瞬でニャルラトホテプの周囲には人だかりができてしまった。

何しろ見た目は外国人で、上辺《うわべ》は美少女なのだ。見栄《みば》えのよさだけは真尋でも保証できる。

「ねえねえ、えーとニャ、ニャ」

「ニャル子で結構ですよ」

「じゃあ、ニャル子さん。お国はどこなの？」

「国ですか？　えーとニャルラトホテプ星」

「八坂君、何でフォークなんか持ってるんだ」

「いや、ちょっと出したくなって」

「……もとい。えーと……よ、ヨーロッパ？」

こちらに同意を求めないでもらいたい。真尋はニャルラトホテプの視線を敢《あ》えて受け流した。

「ふぅん。大変だね、留学なんて」

「そうでもないでしょうがね。真尋さんもよくしてくれますし」

「……そこの八坂君と、親戚なんだよね？」

「そうなります」

「で、八坂君のお宅にご厄介と」

「そういう設定のようです」

あまり突っ込んでくれるな、女子。いつ這い寄る混沌がボロを出してしまうのか、心配で真尋は胃が締め付けられそうだった。

「年頃《としごろ》の男女が一つ屋根の下ねぇ……どうよ、彼は」

にやにやと、下世話な笑みを浮かべる女子生徒。そう言えば彼女の異名は歩くスピーカーだった。どこのクラスにも必ず一人はいる、事情通という怪しい存在。

「何に対して、どう、と？」

「いやほら、異国の地で一人ぼっちの心細い時に、優しく手を差し伸べられたらコロリと行っちゃいそうでしょ」

僕にも優しい手を誰か差し伸べて欲しい、と真尋は心の底から思った。

「うーん、そういうロマンスもアリかとは思うんですが、肝心の殿方がねぇ」

こっち見んな。

と、そうこうしているうちに一限目の開始を告げる校鐘が響き渡った。

「なるほどなるほど、その気はあり、と。りょーかいりょーかい」

手の平サイズのメモにペンを走らせながら、歩くスピーカーは自分の席に戻ってしまった。

それを合図に、ニャルラトホテプの席の周《まわ》りに集まっていたクラスメイトが蜘蛛《くも》の子を散らしたように各々《おのおの》の席へ戻っていく。これからしばらくは、こんなやり取りを続けなければならないのだ。気が重くなる真尋だった。

「みんな、席に着きなさい」

入ってくるなり、教師が第一声。五十に手が届きそうな、落ち着いた雰囲気の男性教諭だった。彼は必ず教室の扉を開けると同時に着席を促《うなが》すのだ。担当は国語全般。今の時間だと現代国語だ。

日直の号令で、座礼をする。

「それじゃ、今日も頭の体操だ」

そう言って、国語教師は黒板にチョークを走らせていく。

□心□心

□里□中
日□月□
一□専□

そんな暗号めいた文字の羅列。この国語教師は授業の度に必ず、最初に簡単な問題を課す。まさに仰《おっしゃ》る通り、頭の体操だ。これを煩《わずら》わしいと思うか面白いと思うかは意見が分かれる。真尋《まひろ》は面白いと思う側。というより、この頭の体操に限らず、国語全般が好きだった。

「それじゃ、まず一つ目から、太田《おおた》」

指名されて、男子生徒が壇上で解答する。それが問題の数だけ繰り返される。単純に考えれば、この分だけ実質的な授業時間が多少なりとも短縮されるので、悪い話ではない。

「ふむ、いいようだな。では……ん？」

ふと、国語教師が目をぱちくりとさせた。その視線の先はこちら、ではない。隣のニャルラトホテプのようだ。ちょうどその時、這い寄る混沌は勉強するふりをして、ノートに♯の字を書いて一人○×ゲームに興じていた。

「ほう、君が噂《うわさ》の留学生の」

「え？　あ、はい」

「君もやってみるかね。なに、心配する事はない。日本語のゲームだと思ってくれればいい」

国語教師の言葉には、言語の壁に苦しむ異国の学生に対する優しさがあった。もっとも、相手の宇宙人は何一つ苦しんではいないのだが。

「はあ。要するに、その空欄を埋めればよろしいので？」

「そう、四字熟語という、中国伝来の格言だ。間違えてもいい、隣の人に便覧を借りて見ながらでもいいので、一つやってごらん」

「了解しました、サー」

いや、サーは教師相手には外国人でも使わない。真尋が心の中で突っ込む間にも、国語教師は留学生向けの問題を板書する。

□肉□食

「ここでボケて」と言わんばかりの設問だった。ニャルラトホテプの性格なら、まず間違いなくボケる。しかも使い古された、あの定型句で。いくら留学生でも今時そのジョークはない。

ニャルラトホテプは席から立ち上がり、真尋の机の上にある便覧にも目もくれず、教壇へと歩いていく。まずい、本当にやるつもりだ。止めてやりたいが、この場では真尋のその行動は不自然極まりないだろう。

そんな真尋の内心の葛藤《かっとう》もどこ吹く風、這い寄る混沌はチョークを握り、躊躇《ちゅうちょ》の欠片《かけら》もなく力強い筆致で回答した。

人肉屍食《じんにくししょく》

クラスが一斉《いっせい》に引いた。

「先生、できまし……え、何ですかこの空気」

国語教師の気まずそうな顔に気付き、ニャルラトホテプは教室全体を見渡す。皆が皆、どうレスポンスしてよいか分からないといった微妙な表情をしていた。真尋も例外ではなく、想像の斜め上を行かれた奇行に、フォローのしようがない。

「……まあ、日本語に不慣れだろうしな。これからおいおい覚えていけばいい。なに、四字熟語なんて日常会話じゃそれほど使わないんだ」

「え、何ですかその可哀想《かわいそう》な子を見る目は」

「さあ、席に戻りなさい。授業を始めよう」

国語教師に背中を押されて、アホの子が戻ってくる。

「おい、何だ今のは」

そのアホの子が着席するなり、真尋は小声で話しかけた。

「おかしいですね……シチュエーション的にもベストアンサーのはずだったのに」

「今さらウケ狙《ねら》いに走るな、普通にやれ普通に」

「普通にってあーた、私は真面目《まじめ》に答えただけですが」

「人肉だか屍食だかがか」

「実家の斜向《はすむ》かいのお宅の愛犬のティンダロス君の常食ですよ」

「誰がお前らの母星の常識を持ち出せと言った」

もうどこまでがネタで、どこからが事実なのかさっぱり分からなかった。

「こらそこ、私語は慎《つつし》みなさい。それと八坂は……ああ、男子の方。女子の八坂に教科書を見せてあげなさい」

国語教師に言われ、真尋はしぶしぶ隣と席をくっ付けた。

朝っぱらから、心底疲れさせられた真尋だった。

＊＊＊

「はい、今日はここまで。ここら辺はセンターでも出やすい重要な単元だから、みんなちゃんと復習しておくんだよ」

四大を卒業して間もない新任の生物教師が、その言葉と同時に教科書を閉じる。

それに呼応するかのように、午前最後の授業の終わりを告げるチャイムがなった。日直が号令し、途端に喧騒《けんそう》に包まれる教室内。昼休みだ。

真尋は一も二もなく机に上体を投げ出した。初っ端《しょぱな》の国語から始まり、英語、生物と。疲れる事が多すぎた。その原因はもちろん、這《は》い寄る混沌《こんとん》という名の転校生だ。

国語の騒動だけでは終わらず、その名に恥じないカオスっぷりを披露《ひろう》してくれた。真尋は単に席が隣というだけではなく、設定上は同居している遠い親戚という事になっている。ゆえにニャルラトホテプの面倒は、すべて真尋が見るべきという空気が教室にはあった。

これがまた、たまらない。全神経を集中させて、ニャルラトホテプの好奇心を鎮めなければならなかった。実際、真尋の尽力にて未遂に終わった騒動もいくつかある。たった三時間ほどの午前中ですら、「いくつか」あったのだ。これでは授業どころではない。結局、和訳の写しも間に合わなかったし。

肉体的な疲労はさほどではないが、精神的疲労は甚大《じんだい》だった。幸い、もう昼休み。カロリーを摂《と》って回復しなければ。

「八坂《やさか》君、売店に……って、行けるのか？」

余市がこちらを見るなり、呆《あき》れと心配がない交《ま》ぜになった声を出した。行けるのか、ではなく、行かなければならない。購買のパンは競争率が高いので、早く確保しないといつも売れ残るバターロールを摑《つか》まされる事になる。

「……俺《おれ》が買ってこようか？」

「いや、一緒に行こう」

余市は友人として善意で言ってくれたのだろうが、友人だからこそ使い走りのような真似《まね》はさせたくない。そんな些細《ささい》な事に友情を利用したくないというのが真尋だった。

「よし行こうほら行こうやれ行こう」

なかなか身体《からだ》に力が入らないが、言葉だけでもやる気を出すように努める。精神に肉体を引っ張ってもらうのだ。

席から立ち上がる。

ぐい。

袖口《そでぐち》に引かれるものがあった。

「……何だよ、ニャル子」

這い寄る混沌だった。公衆の面前でニャルラトホテプとフルに呼ぶのは、万が一を考えてやめていた。それもあるし、正直なところ真尋もだんだん言うのが面倒になっていたので、この際ニャル子と呼ぶ事にしたのだ。

「どこへ行こうというのですかね」

「どこって、パン買いにだよ」

「パンがなければ私の愛妻弁当を食べればいいじゃない。By、マリー・ニャルラトワネット」

「悪い、すげー勢いで意味分かんねえ」

また奇行が始まった。真尋が呆れていると、ニャルラトホテプは机のフックにかけていた鞄《かばん》から、布の包みを二つ出して机の上に置く。

「それは？」

「よくぞ聞いてくれました！　真尋さんの為に用意した愛情たっぷりの手作り弁当です！」

「はぁ？」

「ですから、パンなんぞ冷たい小麦の塊にかぶりつくよりも、私の手料理を食べてくださいよ」

農家と製粉業者と製パン業者をまとめて敵に回すような発言だった。

しかし、弁当。ニャルラトホテプお手製の。親戚同士という設定になっているとはいえ、それは客観的には女子が男子の為《ため》に弁当を作ってきたと見える。事実、真尋がちらりと教室内を見やると、残っていたクラスメイトの好奇と羨望《せんぼう》と嫉妬《しっと》がミックスされた視線が痛い。

「……あー。お邪魔なようだから俺は一人で行ってくるよ」

「あ、ちょ、余市！」

勘違いしている。明らかにこの男は勘違いしている。聞き分けのよい友人の微笑《ほほえ》みを浮かべる余市。しかもこの男のそれは当てつけとか嫌味ではなく、純粋に厚意なのだ。よくできた友人で本当に困る。

じゃ、と手を振り上げながら、余市は爽《さわ》やかに教室から出て行った。慌てて真尋も席から立ち上が――

　ぐっ。

――ろうとしたら、ものすごい力で肩を押さえつけられた。

「さあ真尋さん、どうぞどうぞ」

「な、馬鹿《ばか》お前！　何で僕が」

「食べてくれないんですか？」

　うるうる、とニャルラトホテプが瞳《ひとみ》を濡《ぬ》らしている。

「食べてあげなよ、八坂君。女の子が頑張《がんば》って作ってきたのに」

　先ほどの歩くスピーカーまで擁護《ようご》に回り出した。

「私、病弱であまり学校にも行けませんでしたから、こういうのに憧《あこが》れてたんです……教室で机をくっつけて誰《だれ》かとお昼を食べるという、この風景に。高校生になって少しは体調がよくなって、『ねんがんのにっぽんへきたぞ！』って気分でしたのに真尋さんは『そう、かんけいないね』で済ますんですね……よよよ」

　おかしな設定まで追加された。

「八坂君、さいてー。ニャル子ちゃんがかわいそう」

　黙れ歩くスピーカー。

　真尋を見るクラスの視線が、先ほどよりも幾分きつくなった気がする。いわれのない罪悪感に苛《さいな》まれてしまいそうだ。

「これで真尋さんに食べていただけなかったら、水素よりも軽い私の口は真尋さんと私の大切な秘密を大声で喋《しゃべ》ってしまいそうです」

「ぐ……！　分かった！　食べる、いただきます！」

真尋は負けを認めた。

「ありがとうございます！」

にぱ、とニャルラトホテプは花が咲いたような笑顔を見せた。よそ行きの笑顔だけはとても可愛《かわい》らしいから始末に負えないのだ。仮にも原作では宇宙一のトリックスターである。素性を知っている真尋ならともかく、何も知らないクラスメイトを騙《だま》す事くらい赤子の手を捻《ひね》るよりも簡単なのだろう。

「お前らも散れ！　散れよぅ！」

しっしっ、と真尋は人払いをする。周囲に寄っていた野次馬も、名残《なごり》惜しそうな顔をしつつも自分の居場所へと戻っていく。歩くスピーカーなどは自分の席に着いてもなお露骨に聞き耳を立てていた。女子じゃなければ蹴《け》り倒していたところだ。

「いやー、上手《うま》く行きましたね」

手で口を隠して、ニャルラトホテプがぼそぼそと言う。

「だいたいお前、自分の事がバレたら困るのはそっちじゃないのかよ」

「クックック……どうせバレるなら死なば諸共《もろとも》という奴《やつ》ですよ」

最悪だった。昨日、ファストフード店で録音した例の音声もあまり有効打ではないらしい。言いようのない悔しさに歯噛《はが》みをする真尋。

包みの結び目をほどくと、我が家のどこにこんなものがあったのか、二段重ねの弁当箱が姿を現わした。ニャルラトホテプの方を見ると、やはりと言うべきか、お揃《そろ》い。ますますもって誤解を招く。

一段ずつ分けて、フタを開けようとしたところで、手を止める。

「まさか桜でんぶでハートマークなんて使い古されたネタはないよな」

「はっはっはっはっは」

「……否定はしないのな」

どうしよう。開けるべきか、開けないべきか。

この宇宙人の事だ、ハートマークはなしにしても、色々と仕掛けを施しているに違いない。迂闊《うかつ》に踏み入るのは危険だろう。

しかし開けないなら開けないで、また歩くスピーカーが喚《わめ》くだろう。こうしている今も、ちらちらとこちらの出方を窺《うかが》っているくらいだから。

ぐう。

胃が鳴った。結局は生き物だから、生きる為には食べるしかないのだ。例えそこにどんな罠《わな》が待ち受けていようと。

思い切ってフタを開ける。

びっしりと箱の縁《ふち》まで敷き詰められた桜でんぶの上に、ハートマークの白飯が申し訳程度に乗せられていた。

「意味が分からない、お前って存在の」

「私の行動じゃなくて私の存在そのものを否定してますね」

想像の斜め上をロケットで突き抜けすぎる。よっぽど弁当箱を顔面に叩《たた》きつけてやろうかと思った。主食でこれなのだから、副食はいったいどれだけカオスなのだろう。恐る恐るおかずの方の箱を開ける。

「……普通だ」

思わず呟《つぶや》いてしまう。

定番の卵焼きにはネギが入っており、中心部が半熟に仕上がっている。メインは唐揚げのようだ。他にもアスパラガスのベーコン巻きやミニトマトで彩りを演出している。スパゲティナポリタンらしきものまであった。デザートはないが、それがまた真尋にはよかった。果物《くだもの》が一緒に入っていると、どうしても味が他のおかずに移ってしまい気色が悪い。

普通どころか、しっかりとした立派な弁当だった。少なくとも一階の売店で売っている既製品よりは栄養バランスも考えられていた。

それだけに、主食の意味不明っぷりが余計目立つ。

「どうです、ちょっとしたものでしょう」

「……ん、まぁ」

「んもう、照れちゃって。可愛いですね真尋さん」

「……でも、よくこんな手の込んだもの作る時間あったな」

今朝台所に立った時は、弁当箱などどこにもなかった。となると真尋が家を出てから作ったという事になるが、八坂家は学校からそう遠く離れてはいない。徒歩で二十分もあれば到着する。その限られた時間の中で料理をして、制服を着て、学校で転入に関する諸々の手続きをして。それは少し無理があると思う。

「フッフッフ……生体時間を加速《クロックアップ》したニャルラトホテプ星人は常識を遥《はる》かに超えるスピードで活動する事ができるのです」

また後付け設定が追加されたらしかった。本当に便利な存在だと呆れてしまう。

胡散臭《うさんくさ》さは消えないものの、時間が時間だ。とりあえず食べてみようと思う。真尋はとりあえず、弁当箱の隅に固まっていたナポリタンに手を出した。

「……普通に食べられるな」

「あんた、人の手料理を何だと思っていますか」

小学校の時に給食で出てきたふやけたスパゲッティに似ていた。だがまずくはない。決してまずくはない。懐かしい味がした。

一度食べてしまえば空腹に勝てなくなる。変態宇宙人の手料理に舌鼓《したつづみ》を打つのは悔しいと思いながらも、真尋は勢いづいてメインの唐揚げに箸《はし》を伸ばす。

「……う」

「う？」

「……うまい」

悔しいが絶品だった。肉質はどこまでも柔らかく、しかも噛んだ時の弾力は残る。香辛料《こうしんりょう》も過不足なく完璧《かんぺき》な味付け。出来合いの冷凍食品ではとても、下手《へた》をすれば家庭でも味わえないような逸品《いっぴん》。

「よかったですー。早起きして作った甲斐《かい》があったというものです！」

「お前、二分前に自分で作った設定忘れてないか」

「……フレキシブルな設定と言ってください」

どうやら案の定、思いつきらしかった。

しかし、これは何の肉だろう。二口、三口食べても分からない。牛にしてはコクがあるし、豚にしてはあっさりしている。もちろん鳥特有のパサつきもない。他の獣肉のような臭《くさ》みもないし、何より今まで経験した事がない風味だった。

「なあ、ニャル子」

「はい？」

向日葵《ひまわり》のような笑みを向ける邪神。

「これ、何の肉？」

と。

真尋が問いかけた瞬間。ニャルラトホテプは満面の笑顔のまま、ぎこちない動作で窓の方を向いた。まるで油の切れかかったロボットのようだ。その様子を見て、真尋は咀嚼《そしゃく》を止める。ニャルラトホテプは一切の行動を停止させて、ただただガラス一枚向こうの景色《けしき》を眺めているようだった。

真尋は少し考えて、他のおかずに手をつける。

「この卵焼き、おいしいな」

「でしょう！　私が食塩水のビーカーに投下して最高の鮮度のものを選びましたから！　ちなみに最後まで浮かないで横倒しで沈んでるものが一番新しいらしいですよ！」

「このアスパラベーコンも」

「アスパラガスは脂肪《しぼう》とよく合いますからね！　ちなみにベーコンも自家製ですよ！　フランシス・ベーコン、なんつって！」

「ナポリタンも、給食のソフト麵《めん》みたいで懐かしいな」

「思い出補正は強力らしいですしね！　アルデンテよりも庶民的に仕上げてみました！」

「で、この肉なに?」

ばっ、と勢いよくニャルラトホテプは明後日《あさって》の方を向いた。こうもあからさまだと、さすがに考えてしまう。

ふと、ニャルラトホテプが国語の時間にクラスを引かせた四字熟語を思い出した。まさかそんな事はないと思うが、この宇宙人の態度を見るに。

真尋は椅子《いす》から立ち上がる。

「ど、どうしました真尋さん」

「ちょっとトイレで思いっきり吐いてくる。あとパン買ってくる」

「ちょ、ちょっと待ってください！　いくらお約束好きな私でも、さすがに食べられない物は出しませんって」

「じゃあ、何の肉なんだよ」

「……う、ウミガメ?」

「吐いてくる」

限りなくクロだった。

「冗談です、イッツジョーク。安心してください、決して危険なお肉じゃないです。それだけは私が保証します」

「……それだけしか保証しないのかよ」

愚痴《ぐち》を漏らしつつ、真尋は席に着く。美味だったのは確かだし、身体にも今のところは別段異常もないから、とりあえずスルーしておく事にした。もっとも今のところだけだし、何か異常があったらニャルラトホテプを死ぬまで蹴るが。

「まあまあ、落ち着いてくださいい真尋さん。ほら、別にデザートもあるんですよ。イチゴ、甘いですよー。シュリュズ・ベリーという品種なんですが」

「……もういいからお前全部食えよ」

結局それ以上唐揚げに手は出さず、まだ辛《かろ》うじて原型が分かる卵焼きやアスパラガスのベーコン巻きで空腹を満たした。白飯が溺《おぼ》れてしまうほどの桜でんぶは、すべてニャルラトホテプの弁当箱にぶちまけた。

そうして二人、昼食を終える。

「お粗末様でした」

「ほんとにな」

「明日はパン食にしましょう。ＢＬＴサンドを作ってきますよ。Ｂ・Ｌ・Ｔ！　Ｂ・Ｌ・Ｔ！」

「何の頭文字だ言ってみろ」

「ビヤーキー・ロイガー・ツァトゥグァです」

「そんなもん挟んできたら蹴り殺すからな」

昼休みだというのにまったく休めなかった。

＊＊＊

人間というもの、食欲を満たせば次に身体が欲するのは睡眠なわけで。それが例え得体の知れない食材を使用した弁当でも、胃が満足すれば睡魔は襲ってくるものなのだ。

午後、一発目。世界史の授業。それがまた眠気を助長させる。応用を求められる理系の科目と違い、社会科などは九割方暗記だ。頭の回転はあまり必要とされない。であるからして、真尋《まひろ》は必死にまぶたの重みと戦っていた。

何かで睡魔を散らさなくてはいけない。そう思い、ふと隣のニャルラトホテプを見てみる。

「くー」

机に突っ伏して派手に落ちていた。教科書の衝立《ついたて》もなしに、耳を澄まさなくても聞こえるほどの寝息を立てて。しかしどういうわけか、教師は咎《とが》めない。思いきり目立つはずなのに、学友達も誰一人起こそうとはしない。むしろ視線すら向けてはいなかった。

きっと宇宙人の妙な科学力で空間をねじ曲げて云々《うんぬん》で、バレないようにしているのだろう。そんな予想が容易に浮かぶ時点で、相当毒されているなと真尋は自嘲《じちょう》した。

しかし自分が精一杯眠気をこらえているのに、新参者の這《は》い寄る混沌《こんとん》が居眠りかましているのはとても気に食わない。真尋はわざと消しゴムを床に落とす。そして拾うふりをして身体を折り曲げ、フォークでニャルラトホテプの向こう脛《ずね》を思いっきり突き刺した。

「ぎにゃー！」

邪神が奇声を発して、勢いよく上半身を起こす。さすがにこれには周囲も気付いたようだ。クラスメイトはおろか教師までニャルラトホテプに視線を集中させる。

「……あ、いえ。これはその……そう、発声練習です。まだ日本語が拙《つたな》いもので」

間違っても世界史に発声練習は必要ないし、口元のよだれを拭《ぬぐ》う仕草がバレバレだった。しかしクラスには転校生に対する遠慮のようなものがあって、それ以上追及する事はないのだ。

ちらり、と恨めしそうな目を向ける這い寄る混沌を真《ま》っ向《こう》からシカトして、真尋は黒板に集中する。眠気覚ましの効果が覿面《てきめん》だった。

気を取り直して、しばらく黒板と教科書に視線を往復させる。

ガタン。

そんな音が、静かになった教室に鳴り響いた。

「……あ、すみません」

余市だ。椅子《いす》と机を鳴らし立ちかけた彼は、教師に頭を下げておずおずと着席する。珍しい事もあるものだ。余市は優等生なので、授業の進行を妨げるような真似《まね》はしないのだが。

逆にそれが気になる。

真尋はシャープペンの頭で、前の余市の背中をつついた。

反応して、首だけこちらを向ける余市。

「なあ、どしたの」

板書中の教師に悟られないように、蚊《か》の鳴くような声で問いかける。

「……いや、気のせいだと」

「だから何が」

「うん……屋上に何か大きな影が」

「影?」

この校舎は珍しい構造で、コの字になっているので窓からわずかだが屋上が見える。言われるまま真尋も見てみるが、特に何があるわけでもなかった。

「あそこの貯水タンクより大きくてさ。その、絶対見間違いだと思うけど……真っ黒な羽根のようなものを広げた、人影みたいな」

余市の口が閉じる前に、真尋はニャルラトホテプの方を向いた。

彼女は真剣な表情を浮かべて、こくりと頷《うなず》く。

間違いない、敵の襲撃だった。とうとう学校にまで攻めてきたらしい。安全な場所はニャルラトホテプの側《そば》をおいて他にない、という言葉は正しいのかもしれない。

「先生!」

挙手をしつつ、ニャルラトホテプが起立する。

「どうしました、えーと、八坂さん」

「もう少しで真尋さんが頭悪く、じゃなかった頭おかしく、でもない頭痛くなると思うので保健室に連れていきます」

本当に頭が痛くなりそうだった。こんな理由でいったいどんな教師が許可してくれるのだと、

「それはいけない。八坂君、大事に至らないうちに診《み》てもらいなさい」

こんな教師だった。

「真尋さん、大丈夫ですか」

「お前、後先をちょっとは考えろよ」

小声で睨《にら》みつける。

ニャルラトホテプに腕を引かれるまま、真尋は立ち上がった。クラス中の視線が痛い。今日一日目立たないように努めてきたのに、すべてが台無しだった。

「では皆さん、我々の事はお気になさらず勉学に励《はげ》んでください。アデュー」

普通に出て行けばいいものを、わざわざ大仰に言い立てるのが恨めしい。

クラスメイトの好奇の目を背中に受けながら、廊下へ。さすがに授業中は閑散《かんさん》としていて、足音すら端から端まで響きそうだった。

「で、どうするんだ」

「そりゃ、屋上の敵を撃退、もといブチ殺しに行くんですよ」

言い直した後が余計ひどくなっていた。

「なあ、やっぱり僕も行く必要あるのか」

「そうでしょうが。私が真尋さんの側から離れている時に、別働隊が襲撃してきたらどうするのかという事です」

確かに、そうなれば真尋だけの問題ではなくなる。真尋に近しい者全員が危険に晒《さら》されるのだ。ニャルラトホテプと共に行くのは迎撃というよりも、標的の自分のみに注意を向ける意味もあるのだろう。

「これ、いつまで続くんだよ……奴《やつ》らが来る度に授業を中抜けしてたら明らかに疑われるぞ。しかも二人で」

「二人の仲はクラス公認って事でいいじゃありませんか」

「いや、その理屈はおかしい」

「とにかく、件《くだん》の屋上へ向かいましょう」

他のクラスの授業を邪魔しないように、というより二人で抜け出している事を悟られないように、中庭を挟んで反対側の廊下を通る事にする。こちらならば芸術科目に使う教室ばかりだから、ひと気はない。

「あ、忘れてた」

「どうしました?」

ごっ。

鉄拳《てっけん》を邪神の頭に振り下ろす。

「誰《だれ》が頭悪いだの頭おかしいだのだこの野郎」

「うう……ツッコミ上手《じょうず》なあなたが愛《いと》しい」

すっきりしたところで、なるべく音を立てないように廊下を走る。真尋は二年生なので、三階。もう一階分上らなければならない。

四階の一年生のフロアをスルーして屋上に向かう階段を駆け上がる。

「でも、大抵は鍵《かぎ》かかってるよな」

「任せてください、私の」

「宇宙ピッキング技術か」

「うちゅ……」

言いかけて、ニャルラトホテプは言葉を詰まらせた。どうやら図星らしかった。いい加減語彙《ごい》を増やした方がいいのではないだろうか、この宇宙人は。というより、そろそろクトゥルー神話のモチーフである事を忘れかけてきた。

「御託並べんと、はよ開けろや」

屋上へ出る鉄扉は、やはり施錠《せじょう》されていた。

「人のボケを先読みする人、嫌いです！」

ニャルラトホテプは頬《ほお》を膨らませると、その重厚感溢《あふ》れる扉を蹴《け》り開けた。ピッキングでも何でもなかった。鍵を壊して、もしバレたらどう言い訳すればいいのか。そんな事を考えながら、あっさり開いた扉をくぐる。

屋上に出て、目を細める。建物の中から直射日光降り注ぐ屋外に出て、明るさの違いに戸惑った。昼下がりのこの街は今日もよい天気で何よりだ。

違う、そんな呑気《のんき》な事を思っている場合ではない。余市の見間違いでなければ、敵がここにいるはずなのだ。恐らく、一昨日《おととい》昨日と連続で襲ってきた、あのタイプが。

「いた！」

周囲を見回すまでもなく、それを見つけた。屋上に設置されている貯水タンク、その上にヤンキー座りしている大きな影。南中高度の日光に晒されてなお黒々としている。

「またナイトゴーントですか。真っ昼間なのに夜鬼《やき》とはこれいかに」

呆《あき》れ声でニャルラトホテプは肩をすくめる。

ナイトゴーントという名前には聞き覚えがあった。真尋の持っているクトゥルー神話のエンサイクロペディアに乗っていた。確か自分のテリトリーに侵入した冒険者を上空からさらい、くすぐり倒した挙句《あげく》に高高度から落とすというしょうもない魔物だった気がする。侵入者を襲うのは分かるが、くすぐる意味が不明だ。

まさか自分も誘拐《ゆうかい》されたら、とりあえずくすぐられるのだろうか。そう思うとものすごく嫌な気分になる。

「なあ、ここうちのクラスから見えるんだけど、大丈夫なのか」

「その点に関しましては心配ありません。例の結界が働いていますし」

「でも、余市は見えてたな」

「一時的に解除したんでしょうね。誘ってるんですよ、我々を。真尋さんのご友人が特殊な能力を持っていて、実は第三勢力の組織の一員だったなんて伏線でもない限りは」

「いらんわ、そんな伏線」

周囲にバレないのであれば問題ない。後はニャルラトホテプの超暴力で、思いきり殴り思いきり蹴ってもらうだけだ。ただただ真尋の平穏無事な生活の為《ため》に。

「しかし何度も夜鬼だと飽きますなぁ」

「は？」

「ちょっとカプセル怪獣に任せましょうかね」

意味の分からない事を言って、ニャルラトホテプは制服のポケットをまさぐった。

「おい、何をやって」

「あら、どこでしたかね……忘れずに持ってきたはずが」

表のポケット、胸ポケット、ブレザーの裏側まで一通り手を突っ込んだ後、ニャルラトホテプは何を思ったかリボンタイを抜き取った。さらに下に着ているワイシャツのボタンを外し、服の内側にまで手を入れる。

「おま、何やってんだよ！」

慌《あわ》てて真尋は後ろを向く。本質はどうあれ、外見は同年代の異性なのだ。それがワイシャツのボタンを緩めて胸元を露《あら》わにすれば、耐性のない真尋は目を逸《そ》らしてしまう。一瞬だけ見えたが、ちゃんと谷間ができていた。着痩《きや》せするタイプらしい。

「お、あったあった。ん？　真尋さん、何をやっていますかこの非常時に」

「それはこっちの台詞《せりふ》だ！」

恐る恐る邪神の方を見ると、もうすでに身なりをきちんと整えていた。襟元《えりもと》もきちんと正し、リボンタイも新入生のように形よく締めている。ほっと胸を撫《な》で下ろす真尋。

と、ニャルラトホテプの手に何かが握られている事に気が付いた。大きさは、彼女の手の平にすっぽり収まるほど。球形でプラスチックのような質感があり、上と下、あるいは右と左の半分で色が違っていた。

それはちょうど、百円で一回レバーを回すプライズのカプセルに似ている。

「何だそれ」

「これですか？　まあ見ていてください」

そう言って、ニャルラトホテプはそのカプセルを大きく振りかぶった。そうして正面から見ればパンツが露《あら》わなくらい片足を高々と掲げ、

「シャンタッ君、君に決めた！」

カプセルを地面に叩《たた》きつけた。プラスチックに見えたが、パリンと音を立てて割れる球体。そこから、ピンク色の煙が巻き起こった。その濃密な煙はゆらゆらと揺れながら広がっていく。

その時、唐突に風が屋上を駆け抜けていった。突発的な強風。真尋は思わず両腕で顔を覆う。煽《あお》られる前髪が収まり、腕の隙間《すきま》から前を見る。

「……なぁっ⁉」

真尋は声を張り上げた。

先ほどまで視界に目立っていた濃霧は風に流されたのか、その残滓《ざんし》すらない。代わりに見えるのは、何やら巨大な生き物だった。そのサイズは、いつだか動物園で見た象ほどもあった。

「な、何だこれ」

「私の数あるペットの中の一匹、シャンタク鳥のシャンタッ君です」

「……しゃんたく？」

「シャンタッ君。可愛《かわい》いでしょう」

お世辞にも可愛くない。というより、視界に入れたくない部類だった。鳥と名前がついているくせに、異常にでかい。おまけに頭部が馬の面《つら》で、羽毛はなく鱗《うろこ》のようなもので身体の表面がびっしりと覆われている。そして例によって蝙蝠《こうもり》の羽根を標準装備。

「おま、お前、こんな奴を連れてきて……本当に下にバレてないんだろうな？」

「大丈夫ですよ、若いのに真尋さんは心配性ですね。さあ、シャンタッ君！　敵をほどよく殺しなさい！　なるべく惨《むご》たらしくね！」

「お前は本当に公的機関の人間なのか」

キャラクターをそのまま、配置だけを悪の組織にしても何一つ違和感のない少女だった。

シャンタク鳥が羽根を広げ、金切り声を上げる。やかましい事この上なかったが、どうやら戦闘開始の合図だったようだ。貯水タンクに鎮座《ちんざ》していたナイトゴーントが同じく羽根を広げて奇声を発する。怪獣映画の様相を呈してきた。

貯水タンクを蹴り、ナイトゴーントが跳躍する。空中で羽根を水平にして、シャンタク鳥目がけて滑空した。

長い爪《つめ》を、シャンタク鳥に振り下ろす。

当たった。

シャンタク鳥が倒れた。
四、五回ほど痙攣《けいれん》して、それきり動かなくなった。
「……は？」

見間違いでなければ、シャンタク鳥は一撃でやられたように思える。サイズ的に圧倒しているはずなのに。

真尋が呆気《あっけ》に取られていると、シャンタク鳥の巨軀《きょく》が次第にどす黒くなっていく。その先から、煙となって消えていった。あの象のような輪郭の面影すら残さない、完全に真っさらな無。

「うーん。やっぱり駄目でしたか。対夜鬼戦成績って百戦九十九敗一分けなんですよね、シャンタッ君」

「一昔前のインディアンズより低い勝率の奴を出すな！　何考えてんだお前は！」

「いや、ほら、使い続けていると化けるかもしれないじゃないですか。今まで使えなかった奴がレベル91からステータス上昇率が極端に上がってカンストしてしまうジョブとか」

「二次元と三次元の区別つけろ……！」

「ウボァー！」

シャンタク鳥を瞬殺してご満悦なのか、ナイトゴーントが雄叫《おたけ》びを発している。その矛先《ほこさき》がこちらに向かうのも、もうすぐだろう。

「お、おい！　とにかく早くぶちのめせよ！」

「仕方ありませんね。シャンタッ君にはお詫《わ》びに後でじんに……もとい、宇宙ペットフードのいい品をご馳走《ちそう》しましょう」

「おいコラ今何て言いかけた」

「空耳です。英語で言うとエアイヤー。では真打登場と行きましょう！」

「それ直訳だろミスヒアリングだろ」

真尋の追及も華麗に受け流して、ニャルラトホテプはスカートを翻《ひるがえ》し駆け出した。走りながら左手を上から背中に突っ込む。

ずるり、と制服の内側から引き抜いた彼女の手には、何やら細長い棒状の物が握られていた。長さは目測だが、六十センチほどだろうか。そのうち先の部分が九〇度に曲がっており、先端部分にV字の切れ込みが入っている。太陽の光を浴びてもなお鈍《にぶ》い金属質の光沢を持つそれは、一見してもよく見ても明らかに、

「必殺！　私の宇宙CQC――」

瞬《また》く間にナイトゴーントに接近したニャルラトホテプが、その棒状の物を両手で握り、

「――パート2ダッシュ！」

思いっきりフルスイングした。

化け物のドタマに。

ぶちん。

そんな音を立てて、何かが空の彼方《かなた》に飛んでいった。ものすごい勢いで真尋は後ろを向いた。それでも一瞬だけ見てしまった。なぜか頭一つ分だけ背が低くなった夜鬼の首辺りから、噴水のように真っ黒い液体のようなものが吹き上がる光景を。

「あれは墨汁だあれは墨汁だあれは墨汁だあれは墨汁だあれは墨汁だあれは墨汁だあれは墨汁だあれは墨汁だあれは墨汁だあれは墨汁だあれは墨汁だあれは墨汁だあれは墨汁だあれは墨汁だあれは墨汁だあれは墨汁だ」

びしゃびしゃびしゃ、と地面を打つ湿った音を掻《か》き消すように、両手で耳を塞《ふさ》いで何度も何度も繰り返す真尋。

「ふう、片付きましたよ真尋さ……何やってんですか、あんた」

ニャルラトホテプが真尋の正面まで回り込んでくる。返り墨汁こそ浴びてはいないものの、その手にぶら下げている棒状の何かの先端からは、どす黒い雫《しずく》がぽたりぽたりと滴《したた》っている。

何だか強烈なデジャヴを覚えた。

「何だ、その手に持っているのは」

「これですか？　『名状しがたいバールのようなもの』ですが」

「突然思い出したようにクトゥルーネタを混ぜるな」

しかも少なくとも『バールのようなもの』とは名状できているではないか。

「さあ、もう心配はいりません。安心してスクールライフを楽しみましょう」

「お前、後ろのあれはどうするんだ。おまけに何か向こうに飛んでかなかったか」

「心配はいりませんと言ったでしょう」

ニャルラトホテプが真尋の後ろを指差す。しかしそこにはスプラッタ映画のようなワンシーンが繰り広げられているはずなのだ。真っ向から無視する。

「見なさいってのオラ、生娘《きむすめ》じゃあるめーし」

ニャルラトホテプにがっしりと顔を押さえつけられ、強引に後ろを向かされる。ほっそりとした腕なのに、万力《まんりき》のような力だった。

「……あれ？」

　想像していたような血腥《ちなまぐさ》い画面はそこには存在しなかった。というより、ナイトゴーントそのものがどこにもいない。地面に広がっているであろうはずの漆黒の水溜《みずた》まりも、まるで最初からなかった事にされたように。

「ナイトゴーントもシャンタッ君と同じで、やられたら跡形もなく消え去るんですよ。ほら、初めて真尋さんとお会いした時も消し飛びましたでしょ」

　便利な設定だった。

「でも昨日は長く残ってたよな」

「……私にだって分からない事くらいあります」

　結構適当らしかった。

＊＊＊

　学校が終わり、真尋は帰り道を歩いていた。

　隣にはニャルラトホテプが並んでいる。何しろ親戚《しんせき》同士で、一つ屋根の下に住んでいるという設定になってしまったのだ。一緒に登下校しない方が不自然というものだろう。

女子と帰るなんて今まで経験がない真尋は、とても居心地《いごこち》が悪い。余市《よいち》にもついてきてもらえばよかった。なのに余計な気を回したのか、彼は「俺《おれ》はいいから」などと。あれで他意はまったくなく、純粋に厚意なのだから文句の言いようがない。本当にできすぎた親友で泣けてくる。

「うーん。いいですねぇ、この下校途中の雰囲気。青春時代って感じですわー」

赤みを帯び始めた太陽の日差しを一身に受けるように、ニャルラトホテプが背伸びをする。

青春時代なんて甘酸《あまず》っぱいものが邪神にあったのか甚《はなは》だ疑問だが。もしかしたら暗黒時代の言い間違いかもしれない。

結局、屋上での一戦の後に教室に帰ると、案の定クラスメイトの注目の的だった。真尋を連れていくだけのはずの転校生があれほど長く席を空けていて、なおかつ保健室で休むはずの真尋があんな短い時間で戻ってきて、トドメとばかりに二人一緒に姿を現わす。邪推《じゃすい》するなという方が無理な話だろう。

もうすでに教室には、真尋とニャルラトホテプが『そういう関係』であるという空気が流れつつあった。たまらなく憂鬱《ゆううつ》だ。みんな、この這《は》い寄る混沌《こんとん》の本性を知らないからそういう浮いた話で冷やかせるのだ。その裏では、人生設計が狂うほどのアクシデントに現在進行形で見舞われている真尋がいるというのに。

何だか理不尽さが今さらこみ上げてきて、真尋はポケットの中のフォークを握り締めた。

「む、あれに見えるは児童公園。ちょっと寄って行きましょう」

「あ、ちょ、おいっ」

ニャルラトホテプに手を引かれるまま、そちらへ歩き出す。皮一枚向こうは宇宙人で邪神のモチーフのくせに、触れる肌は暖かいし柔らかいから始末に負えないのだ。

下校途中の道路に面した、小さな公園。申し訳程度の数本の木と、砂場。そしてブランコがあるだけの慎ましやかな児童公園だ。親子ブランコや滑り台は危ないからという理由で撤去され、シーソーも布でくるまれてがんじがらめに縛られている。

子供の安全の為に遊具を撤去して、その結果子供がいなくなるというのは本末転倒だ。あるいは子供が遊ばなければ怪我《けが》をする事もない、という理屈なのかもしれなかった。

公園に入るなり、ニャルラトホテプは我先にブランコに腰を下ろした。このまま置いて帰ろうかと思ったが、帰路でまたナイトゴーントが出てこないとも限らない。真尋が望むと望まざるとに関《かか》わらず、ニャルラトホテプの側《そば》にいるしかないのだ。

嘆息《たんそく》し、彼女の隣の空いているブランコに座る。

「何でよりによってこんなところに寄り道しなきゃならないんだ」

「いいじゃありませんか。例えば家で敵に襲撃されたら家屋に被害が出ますけど、ここなら多少の無茶はできますでしょ」

「どの道家に帰るんだから同じだと思うけどな。あと家に被害出したら蹴《け》り殺すぞ」

「ひ、人が身を削《けず》ってまでお守りしているのに、何という愛のなさ」

人じゃなくて邪神だろ、と言おうとしたが話がこじれそうなので言葉を飲み込んでおく。

公園内はおろか道路にも人があまり通らないので、児童公園のブランコに高校生の男女が座っていても気にする者はいない。目を留めたとしても、青春のワンシーンだと誤解してそのまま歩き去るだけだろう。もっとも、真尋はその誤解が一番嫌なのだが。

それにしても。

「まだ全然分かんないんだよな」

「私の好みのタイプとかですか？　いやん、あなたがそれを私の口から言わせ」

「何で僕なんかが狙《ねら》われるんだ」

「……真尋さんのスルーっぷりも堂に入ってきましたね」

狙われているという事実は実体験として分かる。その理由が、人身売買の商品だからという事も。しかし、なぜ真尋なのか、という理由がまったく明かされていない。自分と同じような高校生など、それこそ星の数ほどいるはずだ。そんな並み居る人間の中から、わざわざ自分がピックアップされる理由が分からない。

「どうしてだ？」

「……ふむ」

ニャルラトホテプは意味ありげに頷《うなず》き、わざとらしく口元に手を当てた。何かを考えていますよ、と全身でアピールしているようなあざとさを感じる。

「お前、何か知ってるんじゃないのか」

「いいいいえべべべべつに私は何も」

ぶんぶんぶん、と首を左右に揺らす這い寄る混沌。あからさまに怪しかった。まるで突っ込んでくださいと言わんばかりに。

だから突っ込まない事にした。

「…………」

「…………」

「…………」

「……突っ込まないんですか？」

「うん」

「突っ込んでくださいよ」

「やだ」

どうせはぐらかされるに決まっている。こういう露骨に情報を持っていますよという態度の裏では、大抵しょうもないネタしか持っていないのだ。

「しかしまあ、真尋《まひろ》さんの事は気になりはしますね」

「うん？」

真尋が言葉を返すと、ニャルラトホテプは地面を蹴って後ろに下がり、ブランコの遠心力で上に飛び上がった。綺麗《きれい》な弧を描いて、空中で宙返りをして着地する。見事な演技だった。真尋でさえ十点満点を与えたいほどの美技。

接地の瞬間、スカートが煽《あお》られてパンツが見えた。黒のレースだった。仮にも高校生にあるまじき下着ではある。が、あれはいわゆる見せパンなのだろう。あざとさ極《きわ》まるニャルラトホテプの事だ、すべて計算づくに違いない。

「これはあくまで話半分に聞いていただきたいんですけど」

正面に向き直るニャルラトホテプ。今までの締まりのない笑顔を一転させて、何かを思案しているような表情をしていた。

「何さ」

「もしかして真尋さんって、宇宙人受けする顔とかじゃないんですかね」

「は？」

「いえね、人種が違えば好みも違うって事、ありますでしょ。地球を例にしますと、日本人好みとか欧米人好みとか」

「そりゃ、あるかもしれないけど」

「それと同じで、真尋さんは宇宙人好みの顔だったりとか」

「宇宙人にまでその理屈が通用するのかよ。人種どころか下手《へた》したら生態系まで違うんだろ」

「いえ、あり得ない話じゃないと言いますか、好き嫌いは間違いなくあると思いますよ」

「何でだ」

「だって真尋さん、私の好みのタイプですもの」

つらっと真顔でそんな事を言ってのけた。先日もそんな事を口にされた事がある。しかし、その時はまだいやらしい好事家《こうずか》の如《ごと》き笑みだったのだ。が、今回はごく自然な、まるで底意がないような表情をしている。

期せずしてそんな宣言を受けて、真尋はじわじわと頰《ほお》の熱を感じていた。夕日のせいで火《ほ》照《て》っている、などという言い訳は自分に対して二度も通じそうにない。

「……か、仮に。何無量大数分の一の確率で僕が宇宙人受けする顔だったとしても！　それで今になって急に狙われる理由にはならないだろ」

「まあ、顔つきはともかくそもそもの顔は変わらないですからね」

「だろ。今まで僕にアブダクションされたりされそうになった経験なんてないぞ」

そう、好みで襲われるなら、もっと前から襲われてもいいはずだ。つい三日前から突然狙われる意味が分からない。あるいはもっと前から下調べしていたのかもしれないが、それでも実行に移ったのはごく最近だろう。

「あと考えられるとしたら……アブダクションされやすい体質？」

「何だよそれ」

「柳田國男《やなぎたくにお》さんも『山の人生』で書いてましたでしょ、神隠しに遭《あ》いやすい気質とか。それと似たようなものではないかと」

「何でお前は辺境銀河の片田舎《かたいなか》の水の星の島国の民俗学に詳しいんだよ……」

未《いま》だにこの宇宙人の思考回路と情報ソースが理解できない。

どちらにしろ、今までに真尋が地球外知的生命体のお世話になった事はない。その点では、誘拐《ゆうかい》されやすい体質だとか宇宙人に好かれやすい顔だとかの線は否定できるだろう。そうすると、ますます現状が分からなくなってくる。

「あるいは」

ぽつり、とニャルラトホテプが呟《つぶや》く。

「あるいは？」

「ええ、あるいは。ここ最近、この短期間で、真尋さんの需要が高まるような何かがあった、って事はどうでしょうか」

「どう、って言われても」

「そう考える方が建設的でしょう」

「じゃあ、何があったんだよ」

「そこまでは私も分かりかねます……が」

「が？」

いったん言葉を切ったニャルラトホテプが、ふと顔を上げて空を見る。何かあるのかと思い真尋もそれに倣うが、特に気になる点は見当たらない。

せいぜい空にいくつか、ぽつぽつと黒い点があるくらいで、

——点？

なぜ空にそんなものがあるのか。目を凝《こ》らしてよく見てみる。おかしな事に、次第に黒い点が大きくなっているような——

目をしばたたいて、真尋はブランコから勢いよく立ち上がった。

「どうやらあちらも焦っているようで」

ニャルラトホテプも空を見たままで言葉を紡《つむ》ぐ。

空に浮かぶいくつかの黒い点。それはもうすでに点とは言えないほど近づいていた。そう、近づく。あれは空に浮かんでいるのではなく、空から降下してきているのだ。

その輪郭が明らかになる頃《ころ》には、すでにそれらはふわりと地に降り立っていた。

「な、ナイトゴーント！　またかよ！」

もうすでに見慣れてしまった黒い巨体が現れた。ただ前と違うのは、今回は複数いる事。その数、五匹。そして何よりも異なっているのは、それぞれの背に人影らしきものが乗っている事だ。らしき、というのはその影が犬のような外観をしているからだ。

「食屍鬼《グール》付きですか。いよいよ本気を出してきたって事でしょうかね」

「ちょ、何だよあいつら！」

「食屍鬼。ナイトゴーントと仲良しこよしなんですよ。今回は徒党を組んできたようですね」

「呑気《のんき》な事ほざいてる場合か！　どうすんだよ！」

　這い寄る混沌があまりにも簡単にナイトゴーントを千切っては投げている光景を見たせいか忘れかけていたが、真尋にとっては一匹でも死を呼ぶ魔物なのだ。人間では手に負えない。そんな連中が背中の仲間を入れて一ダース近くも編隊を組んでいたら、さすがに超暴力の化身ニャルラトホテプと言えど、

「――――」

　隣の這い寄る混沌を向いて、真尋はしばし言葉を忘れた。

　ニャルラトホテプはどこから出したのか、手の平に何かを乗せている。楕円形《だえんけい》の果実のようで、表面の凹凸《おうとつ》が目立つ、どちらかと言えば無骨なフォルム。

　パイナップル、そう形容される事もある。が、本質はそんな可愛《かわい》らしいものではない。

　ニャルラトホテプは鼻歌混じりでその物体に刺さっているピンを抜いて、怪異の集団の中心あたりに放《ほう》り投げた。

　カッ――

　激しい閃光《せんこう》が真尋の目を焼く。遅れる事一瞬、爆音が耳をつんざいた。地響きもセットだ。

耳鳴りはするわ、目が痛くて開けられないわ、足元がふらつくわ。いったい何が起きたのか。

答えは明白。

爆発したのだ。

涙をこらえて目をあけると、目の前に広がっていたのはクレーター。公園のど真ん中に、直径五メートルほどの穴がぽっかりと。

ぽとぽとぽと。

空から何かが降ってきた。しかも大量に。次から次へと落ちてきて、そこら中に散らばる。よく見ると、何かの破片のようなものだった。形にいろいろと違いがあり、例えば一番手前のはまるで足のような、
そこまでで真尋は思考を止めた。

「おい」

耳鳴りが収まったのを見計らって、隣の宇宙人に声をかける。

「何でありましょう」

「今の、何だ」

「『冒瀆的《ぼうとくてき》な手榴弾《しゅりゅうだん》』ですが」

「お前、名状しがたい〜とか冒瀆的な〜とか枕《まくら》につけば何でもクトゥルー神話みたいに考えてないか」

「何を言っていますか真尋さん。手榴弾は由緒正しい武器なんですよ。ほら、かのアーサー王

もアンティオキアで授かった聖なる手榴弾で魔物を征伐《せいばつ》したでしょう」

「モンティ・パイソンかお前は」

目と耳だけじゃなく、頭まで痛くなってきた。

改めて、現場を見てみる。数十秒前まで徒党を組んで威圧していた化け物の影はどこにも見当たらない。いや、残骸《ざんがい》だけはあった。公園狭しとぶちまけられている、手。足。胴体《どうたい》。頭。形があるだけマシだ。それ以外の部位は原形を留《とど》めないほどに爆風で消し飛んだのだろう。よくこちらや遊具にまで被害が及ばなかったものだ。

阿鼻叫喚《あびきょうかん》の地獄絵図がそこには広がっていた。

「あんな爆音と地響き立てて、他人に気付かれたら」

「結界があると言いましたでしょう」

便利すぎる。

と――

公園全体に散らばっていた化け物だったものが、一斉《いっせい》に黒い煙を上げて消えていく。校舎屋上でのニャルラトホテプの言葉を思い出した。後腐れのないとてもいい設定だ。

しかし、クレーターは残っているわけで。

「おい、これどうすんだよ」

「……市税?」

後先考えていないようだった。

はぁ、と真尋は溜息《ためいき》をつく。

交戦のたびにこのような災害をまき散らしていたら、ご近所は荒廃の一途を辿《たど》りそうだ。ニャルラトホテプが無敵なのは分かる。そして彼女がいなければ、怪物に太刀打《たちう》ちできない事も。しかしそれはこの二者間の常識であって、周辺の環境はまったく考慮されていないのだ。

確かにとりあえずは真尋の、そして周囲の人間の安全を保てたのは事実だ。だがそれはあくまでもとりあえずは、なのだ。ニャルラトホテプに遭遇してから今日で三日目になるが、毎日一度は襲われている。

もっとも重要な事は。そう、もっとも重要な事は。これがいつまで続くのか、という一点に尽きる。真尋が狙われる理由はこの際どうでもよかった。

「ほんとに、いつまで続くんだ。迎撃するにも限界があるだろ。こっちから敵のアジトに攻め込んで一族郎党根絶やしにするとかできないのか」

「あなたもさり気なく無茶苦茶言ってますね。まあ、確かに今のところは後手に回っているのは事実ですが」

「そういや、お前いつだか言ってたよな。犯罪組織に潜入してる仲間がいるって。って事は、もうアジトとか分かってるんじゃないのか？」

「よく覚えてますね……しかし残念ながら、仲間が潜入しているのは組織の地球外でのアジトですから。地球での活動拠点はまだはっきりと分かってはいません」

「それじゃ駄目だろ。結局は後手のままかよ」

「今のところは、と言ったでしょう？」

にやり、とニャルラトホテプは口の端を歪《ゆが》めた。衝動的に殴り倒して延髄《えんずい》に膝《ひざ》を落としたくなるくらい邪悪な微笑《ほほえ》みだった。

「どういう事さ」

「今までは時間稼《かせ》ぎだったという事ですよ。向こうではなく、こちらの」

「次回に引くみたいなぼかし方しなくていいから三行でまとめろ」

「もうすぐご禁制の品ばかりを集めたオークションが開催されます。

そこに踏み込みます。

犯罪者を一網打尽《いちもうだじん》にします。

みんなハッピー」

四行だった。

「オークション？」

「そう。それこそ真尋さんのような現地人とか、麻薬とか、回収されたエロゲーとか」

最後のはニャルラトホテプ自身がすでに購入していた。やはりこいつは逮捕された方がいいのかもしれない。

「って待て。その口振りじゃ、最初から知ってたみたいじゃないか」

「ええ、知ってましたよ。というより言いましたでしょ。覚えてませんか、地球で大きな取引があるようなんです、って」

そう言われてみれば、かなり最初の方でそんな事を耳にしたような気がする。

「それがオークションだってのか？」

「イグザクトリィ。ついでに言うと、開催される場所も時間帯もすでにキャッチしてました。いやいや、情報だだ漏れですねこの組織」

「そこまで分かってるんなら、どうして真っ先に叩《たた》き潰《つぶ》しに行かないんだよ！　受けに回る必要なんてまったくないだろが！」

「いや、行くも何も、まだ沈んでますし」

「……は？」

沈んでいる？　何を言っているのか分からない。

「今までは後手に回っていた、と。なるほど、確かにそうでしょう。というより、それ以上こちらからは手出しができませんから。だから必然、後手に回らざるを得ない。ですが、それでよかったんです。オークション開催まで真尋さんをお守りできれば、それで初戦は私の勝ち」

「何を」

言っているのか、この這い寄る混沌は。

二の句を継ごうとした、その時。不意に背筋に走るものがあった。寒気のような、はたまた怖気《おぞけ》のような形容しがたい肌の粟立《あわだ》ち。違和感でありながら、何におかしさを抱いているのかさえ分からない、理解不能な感覚。

ぎし、と何かが軋《きし》むような音がした。

「時間通りですね」

どこからかは分からない。

「これからです。我々は、私は、攻めに転じる」

というより、それは世界そのものが立てた音かもしれなかった。

「地球時間、西暦二〇〇X年〇月×日。今、この時より星辰《せいしん》は正しい位置につき――」

それは喩《たと》えるなら、この世を形成するいくつもの嚙《か》み合った歯車が、一斉にその動きを停止したような――

「――死せる都《ルルイエ》は浮上する」

幕間

ぎちり、と鈍《にぶ》い音がするのをクトゥグアは感じ取った。

ルルイエが浮上したのだ。

いよいよだ。小悪党の如《ごと》き件《くだん》の老人に加担したのも、すべてはこの時の為《ため》に。

クトゥグアは目を閉じて、過去に想《おも》いを馳《は》せる。

幾度もまみえ、刃を重ねた這《は》い寄る混沌《こんとん》。その肌を焼き焦がし、逆にこの肌を打ちのめされ、一心不乱に傷付けあった。この瞳《ひとみ》にはニャルラトホテプしか映らず、またニャルラトホテプの瞳にもこちらしか映っていなかったのだろう。

その争いは甘美な逢瀬《おうせ》にも似て。

その時、まさに世界の中心は自分達だった。

脳髄《のうずい》がヒリヒリするようなスリル。全身の細胞が活性化するようなサスペンス。そして、その向こうにある感情。

この辺境銀河の青い星の文献では、クトゥグアは放射能を浴びて永遠の狂気に陥《おちい》ったとある。

だが放射能如きでこれほどまでに気分が昂揚《こうよう》するだろうか。今回も我が身の炎で相手を燃やし、相手は深遠の混沌でこの身を苛《さいな》むのだろう。それはたまらなく魅力的なひと時に思えた。

この気持ち、まさしく愛だ。

だが、そんな関係をいつまでも続けてはいられない。

そろそろ決着をつけなければならない。

そうして次の段階へと進むのだ。

クトゥグアの周囲で炎の球体が踊る。そしてまた、クトゥグアの手には赤熱化した棒状の物体が握られていた。

それはまさしく、名状しがたいバールのようなものだった。クトゥグアもまた、宇宙ＣＱＣの使い手なのだ。

「準備は万端《ばんたん》といったところですかな、先生」

またもや、いつの間にか例の老人が出現していた。口調が変わっている。明らかにご機嫌伺《うかが》いに来たのが見え見えで情けない事この上ない。

「……何の用」

「ルルイエに到着しましたぞ」

存外に早かったようだ。いや、実際は時間がかかったのかもしれない。この漆黒の空間は老人が用意した断絶された時空なのだ。そのせいか時間の流れが曖昧《あいまい》に感じられた。

さあ、後はただひたすら待つだけだ。

這い寄る混沌を。

「……分かった。下がっていい」

「先生、お分かりでしょうな。この計画が成功するか否《いな》かは、這い寄る混沌の存在に大きく左右されます。そこで対象と混沌を引き離し、先生には確実に混沌への対処をお願いします」

「……承知した」

「こと混沌に対しては勇名を馳せた一族である先生、よもやという事はないでしょうが」

「…………」

「必要とあらば我が組織からも腕利きを――ぐぅっ！」

老人が言葉を終える前に、クトゥグアは再度その喉元《のどもと》を燃え盛る手で絞め上げた。

「血と汗と涙を流せ……」

クトゥグアのその言葉にすら、焼け付くようなプレッシャーがあった。事実、クトゥグアは勢いに任せて喉を握り潰す事もできた。ルルイエが浮上して立ち入りが可能になった今、後はニャルラトホテプの到着を待つのみなのだ。この貧相《ひんそう》な老人に用はない。

それをしなかったのは、有り体《てい》に言えばどうでもよかったからだ。

「が、はっ……！」

「這い寄る混沌には、誰《だれ》も触れさせない」

クトゥグアの言葉に呼応するかのように、その全身から炎が猛《たけ》った。

あれをどうこうしていいのは自分だけなのだ。誰にも邪魔はさせないし、二人の間には立ち入らせない。

そう、それは老人が対象と呼ぶ、あの地球人の少年でさえ。

ちろちろ、とクトゥグアの瞳が暗い炎を揺らめかせた。

「も、申し訳ない……」

「……十秒以内に消えなければ、誰の思い出にも残さないくらい焼き尽くす」

「は、はひっ⁉」

「いーち、じゅう」

言い終わる前にクトゥグアは腕を払い、炎で老人のいる空間を薙《な》いだ。

まったく容赦《ようしゃ》なかった。

それでも逃げ足だけは速いらしい。老人の姿はすでに見えなくなっていた。炎で灰も残さずロストしたのかもしれないが、手応《てごた》えがなかったので立ち去ったのだろう。

そうしてクトゥグアは待ち焦がれる。

己の心を充足させてくれる、唯一無二の存在を。

3．地球の静止する日

どんぶらこっこ、どんぶらこっこ。

そんな擬音が相応《ふさわ》しいくらい穏やかに、真尋《まひろ》は海上を進んでいた。頬《ほお》を撫《な》でる風がとても潮《しお》臭《くさ》い。錆《さ》びついた古い鉄のような匂《にお》いだった。

そもそもここは今、どの辺りなのか。

「いやー、絶好の行楽日和《びより》ですね！」

降り注ぐ夕日に目を細めるニャルラトホテプ。日和も何も、あれからまだ一夜も明けていない同じ日だ。と言うより、公園でのあの出来事から一分一秒すら経《た》ってはいない。らしい。

真尋は顔を上げて空を見る。

ちょうど空を鳥が飛んでいた。大きく羽根を広げ、風を受けて悠然と滑空《かっくう》——しない。静止していた。空中でまったく動かずに、かと言って重力でも落ちない。完全なる停止。

鳥だけではない。

少し視線を下げると、周囲は一面の青。海だ。それはいい。問題はその視界いっぱいの海の片隅での光景だった。

魚が海面から水飛沫《みずしぶき》を上げてジャンプしているところで止まっている。海面の波立ちも固定されていて、やはり重力の影響も受けていないようだ。

まるで時間が止まってしまったかのような現象。

「……もっかい聞くけど、どういう原理なんだ」

「んもう、ちゃんと聞いておいてくださいよ。ルルイエが浮上したから、地球が……というか銀河系が静止したんですって」

さっぱり分からなかった。

「ごめん、分からない。お前が生きてる理由が」

「……だんだん扱いがひどくなりますね。えーと、何から話しましょうか。ルルイエ、ご存じですよね?」

「……まあ、知識だけなら」

海上都市、もしくは海底都市、ルルイエ。その起源は悠久《ゆうきゅう》の過去、最も古く記録されている歴史からさらに数百万年前だと伝えられている。クトゥルー神話の名前の元になった強大な存在、クトゥルー。それが眷属《けんぞく》と共に土星から地球に降り立った時に、太平洋にあった大陸に偉大な石造の都市を建造した。それがルルイエと呼ばれている。

クトゥルーとその愉快な仲間達はルルイエを基点に地表を支配して絶頂を謳歌《おうか》していたが、

しばらくしてルルイエは海底に没してしまう。宇宙戦争が勃発《ぼっぱつ》しただとか、星々の変動のせいだとか、地球から月が分離した際の影響だとか諸説はあるが、原因は分かっていない。確かなのは、結果としてルルイエは深海の底に沈んでしまったという事だけだ。

　それに伴いクトゥルーもルルイエの中で死のような深い眠りについた。以後、たまに何かの拍子でルルイエが浮上し、数日あるいは一週間ほど自由になるも、また長い間水没するというサイクルを繰り返しているらしい。しかし、いつの日か完全にルルイエが浮上し、復活したクトゥルーとその眷属が世界を恐怖のズンドコに陥れる日が来るとか来ないとか。

　そういう下地がクトゥルー神話にはある。フィクションだと思っていたが、もう何を持ってこられても否定するつもりはない。現に隣にニャルラトホテプがいるわけだし。

「平たく言えば星の並びが正しい位置になりましたので、ルルイエが浮上したわけです」

「だから何でそれで時間が止まるんだよ」

「そういう設定だからです」

「…………」

「そういう設定だからです」

　二度も言われた。有無を言わさず通すつもりらしい。強引にも程があった。

「……まあ、それはそれとしても。ルルイエが浮上したからどうしたんだ。何で僕らはこんな海の真《ま》っ只中《ただなか》にいるんだ。しかも、変なナマモノの背中に乗って」

真尋は下を見る。

あったのは土の地面ではなく、ましてやアスファルトでもない。

鱗《うろこ》だった。

大きく見回すと辛《かろ》うじて全体像が分かる。真尋は、そしてニャルラトホテプは今、巨大な半魚人の背中に乗っているのだ。サイズは足場、つまり背中の部分だが、十メートル四方ほどだろうか。という事は全長は四、五十メートルほどであると推測できる。リアル、スーパーで分類するところのスーパー系だった。

そんな巨大な半魚人が、平泳ぎをしている。たまらなくシュールな光景だった。

「これですか？　ルルイエ直行便の水上送迎タクシー『ダゴン君』です。ベリッシモ可愛《かわい》いでしょ？」

「……お前らの美的センスはどうなってるんだ」

口が裂けても可愛いなどとは言えなかった。

「ちなみにガールフレンドに『ハイドラちゃん』もいますから」

「聞いてねえよ」

五十メートルクラスの二匹がランデブーでもされた日には、夢の中でうなされそうだった。

クトゥルーなだけに。

「まあ、簡潔に言うと浮上したルルイエで件《くだん》のオークションが行われるので、そこに乗り込んでまとめてしょっ引こうという事です」

なるほど、先ほどニャルラトホテプが口にした「今はまだ沈んでいる」というのはこういう事だったらしい。ルルイエが海底にあるままでは、さすがに乗り込んでは行けないわけだ。こちらも、そしてあちらさんも。

「……やっぱり僕も行かなきゃならないんだよな」

「ここまでついて来ておいて何を言っていますか、あなたは」

「いや、僕の安全を確保するんなら、オークションが終わるまで隠れてればいいんじゃないかなと。オークションに商品が届かなかったらぶち壊しだろ？」

「……おお」

ぽん、と感心したように手の平を打つニャルラトホテプ。

「待て。考えてなかったのか」

「いやいや。私にはもう一つ、敵組織の壊滅というものがありますから。『任務は遂行する』、『真尋さんも守る』。両方やらなきゃならないのが私のつらいところです」

「にしたって、単独でやる必要なんて。仲間とかいないのか」

「みんな出払ってて」

「実は友達いないだけだったりな」

「…………」

「…………」

「……うるさいですね！　黙っててください！」

「涙拭《ふ》けよ」

図星だったらしい。確かにこんなのが友達だったら真尋もちょっと敬遠する。

それにしても。

先ほどから、吐く息に白いものが混じっているような気がする。いや、気じゃない。実際混じっていた。吐き出した息が、冷気で凍っているのだ。そう自覚すると、頬を撫でる海風も刺すような痛みに変わっていく。

「な、なあ、ニャル子」

「どうしました真尋さん、そんなピーカーブースタイルになって。世界でも獲《と》るおつもりで？」

「さっきから妙に寒くないか」

「そりゃまあ、だんだん極に近づいてますからねぇ」

「……は？」

「極。南極。英語で言うとアン・アークティック」

しれっと何でもない装いでニャルラトホテプは言ってのけた。

「な、なんで南極に」

「いや、ルルイエってそこら辺ですし。南緯四七度九分、西経一二六度四三分。通称、太平洋到達不能極と呼ばれるところの付近にルルイエは浮かんでます」

数字だけ言われても分からない。ただ一つ言えるのは、日本の真冬よりも遥《はる》かに寒いという事だ。がちがちと歯が震えてきた。下校途中からこっち、特に着替えずに来たので学生服のまま。防寒対策なんてするわけがない。

となるとニャルラトホテプも同じ条件のはずだが、彼女は太股《ふともも》を晒《さら》していても平然な顔をしていた。やはり宇宙人というか邪神は地球人と身体《からだ》の構造が違うらしい。単に変態なだけかもしれないが。

「さ、さむ、寒い……」

「暖めてあげましょうか、人肌で」

「いや、いい」

嬉《うれ》しそうに両手を広げておいでするニャルラトホテプを全力で否定しておく。奴《やつ》の胸に飛び込んでしまうと色々な意味で終わってしまいそうだった。

「仕方ありませんね。ちょいと強引ですが、ニャルラトホテプ星伝来の薬品を処方して差し上げましょう」

「や、くひん?」

真尋が震えていると、這《は》い寄る混沌《こんとん》はポケットをまさぐった。そして、何やら小さな瓶《びん》を取り出す。瓶の材質は透明なガラスか、はたまたプラスチックか。その中には錠剤《じょうざい》らしきもの。

「寒くても死なないクスリ〜！」

気が遠くなるほど胡散臭《うさんくさ》かった。

「そもそも死なないだけであって寒くなくなるとは言ってないよな」

「まあ、ぶっちゃければその通りなんですが」

それでも飲まないよりはマシだろう。このままでは目的地につく前に凍死してしまいそうだ。

真尋はニャルラトホテプから小瓶をひったくって、震える手で錠剤を、

「……これ、副作用とかは」

「SAN値が下がります」

ぽちゃん。

真尋は錠剤の小瓶を海に投げ捨てた。

「もっと他の手段を用意しろ！」

「じゃあ、『厳《いか》めしくも恐ろしい不凍ペプチド』とか注射してみます？　血液が凍らなくなりますよー。真尋さんの白血球が不凍ペプチドに打ち勝てばの話ですが」

「今すぐローリスクで何とかしろ。さもなくば刺す」

フォークをニャルラトホテプの頸動脈《けいどうみゃく》付近にあてがって、脅迫する。

「わ、分かりました……真尋さんの周囲だけ、適正温度にします」

ぱちん、とニャルラトホテプが指を鳴らす。たったそれだけで、今までの冷気が嘘《うそ》のように

失せた。吐く息も透明で、吹きつける風も痛くはない。

「どんな理屈なんだ」

「すごい科学力です」

「………………」

「ディ・モールトすごい科学力です」

ツッコミは禁止らしい。しかし、こんなに簡単にできるのなら最初からやれと言いたかった。

ともかく、これで当面は問題なく――問題あった。

「なぁ、何か増えてないか?」

寒さに気を取られて周囲がおろそかになっていたが、改めて見回してみると何だか生き物が増えていた。しかも普通の魚介類などではなく、ダゴン君だかハイドラちゃんだかの類《たぐい》の巨大な超生物だ。

遮《さえぎ》るものなく水平線を見渡せていたはずの海が、気がつけば海水浴場のように賑《にぎ》わっていた。

あれらが真尋達の乗っているダゴン君と同種の存在だとすれば、間違いなくそれは水上タクシー。タクシーであるからには、その背中にお客を乗せているわけで。試しに真尋は、一番近いダゴン君の背中に目を凝らしてみた。

スライムのような粘液状《ねんえきじょう》の何かがこんもりと乗っていた。

少し考えて、反対側の水上タクシーを見てみる。

何束もの触手が絡《から》みついたような何かが蠢《うごめ》いていた。

「……なぁ、ニャル子」

「何でしょうか」

「あいつら、何」

「ルルイエへのお客さんです」

「あれ全部？」

「あれ全部」

至極《しごく》当然といった表情のニャルラトホテプ。

近場の二つのケースを見ただけだが、だいたいの傾向は摑《つか》めた。恐らくここに敷き詰められている水上タクシーには、すべて宇宙人が乗っているのだろう。

しかし、なぜルルイエに大挙して押し寄せているのか。ルルイエはあくまでクトゥルーとその眷属《けんぞく》のユートピアであって、その他の種族にとってはそれこそ敵対する場合もあるはずだ。

「この連中、何しに行くんだ」

「そりゃ、遊びにに決まってるでしょ。観光名所ですしねぇ」

「……は？」

「ほら、見えてきましたよ」

呆ける真尋を尻目《しりめ》に、ニャルラトホテプは前方の海域を指差す。

遥か先に、ぽつりと何かが浮かんでいる。霧で煙っておぼろげだが、うっすらと輪郭だけは見て取れた。それがだんだん大きくなる。近付いているのだ、ダゴン君が尋常ならざる速度で。

やがて、その全体像が明らかになった。

島。

島だ。

恐らくこれが、幾星霜《いくせいそう》の昔に海底に没した石造都市、ルルイエ。

それはいいのだが。

「……何でライトアップされてるんだ」

島には大きな山が見えるのだが、そこがまるでイルミネーションのようにきらびやかに輝いていた。まるで繁華街の呼び込みのようだ。

そして地上から天空へ向けて、カクテル光線が無秩序に乱舞している。

ひゅー。

どん。

ぱらぱらぱら。

花火まで打ち上がった。

そんな大歓迎ムードに触発されたか知らないが、周辺のダゴン君及びハイドラちゃんが一斉《いっせい》に速度を上げていった。

今まで気付かなかったが、空にも何か巨大な黒い影が羽ばたいている。それが一羽、また一羽と華麗なネオンの島へ飛んでいく。ダゴン君が水上タクシーだとすれば、恐らくあれは旅客機なのだろうか。

「なぁ、ニャル子」

「どうしました、さっきからそればっかり」

「いや……ルルイエなんだよな、これから行くところ」

「そうですが」

「遊びに行くって言わなかったか、今」

「そりゃ、遊園地に遊びに行く以外に何の目的がありますか」

「ちょっと待て、そこだ。遊園地？　ルルイエなんだろ？」

「あれ、言いませんでしたっけ？　ルルイエは宇宙一のテーマパークなんですよ」

「……はい？」

「テーマパーク。株式会社クトゥルーが運営している、ルルイエランドです」

「る、るるいえらんど？」

おぞましいはずの単語に、何やら楽しそうな接尾語がついていた。

「全宇宙にそれこそ無数にあるルルイエランドの中の、最も人気を誇っているのがあの地球ルルイエランドです」

「……え、じゃあ太古の昔にクトゥルーが降り立って石造都市を建造して原生生物と覇権《はけん》争いしたってのは」

「結構合ってますよ。ただ降り立ったのはわりかし現代の事ですし、クトゥルーも個人じゃなく会社法人として、石造都市というかテーマパークを建造したんですけどね。原生生物とのいざこざはありません、だって時間止まってましたしね」

「……ごめん、分からない。お前の髪の毛の先から足の爪《つめ》の先までアルファからオメガまで何もかもエブリシング全部」

「とうとう行き着くところまで行きましたね、この人は」

ここに来てビッグサプライズ。ルルイエとは身の毛もよだつほどのグロテスクかつ悪意に満ちた営《いとな》みが行われている、言ってみればクトゥルー神話のメッカではなかったか。それが、テーマパーク。こんなアホな設定、世界中のフリークに知れ渡ったら蹴《け》り殺されそうだ。

「こう、分かりやすく説明してくれ。僕にも分かるレベルで」

「仕方ないですね、これだからゆとり世代は……わわわ分かりました！　分かりましたからそのフォークはしまってください！」

目を突こうとして振り上げたフォークを、真尋はポケットにしまった。

「おら、言え」

「仰《おお》せのままに。とりあえず我々は真尋さんを狙《ねら》う組織を追ってルルイエに行くわけです」

「オークションが開催される会場ってのだな」

「ええ。で、そのルルイエはあちらに浮かんでる豪華絢爛《ごうかけんらん》なアイランド」

「テーマパークって言ったけど」

「そうですね、巨大な遊園地です。宇宙人による宇宙人の為《ため》のルルイエランドです」

「そこがよく分からないんだよ。全宇宙にあんだろ？　何で地球に作らなきゃならないんだ」

　真尋が素朴な疑問を呈すると、ニャルラトホテプはにたりと笑った。衝動的にフォークで滅多刺しにしてやりたくなるくらい、いやらしい顔だった。

「真尋さん、お話ししましたよね。地球は保護されてて、例外を除いて宇宙連合認可の輸入業者と我々、惑星保護機構の関係者以外は立入を許されてはいないと」

「そういう話だったな」

　しかし、それではこの周辺の宇宙人はどこからやって来たのか。これらすべてが這い寄る混沌の語る輸入業者や惑星保護機構の関係者だとはとても思えない。それに、ルルイエを遊園地と言っていた。それが本当なら、やはりこの連中は観光客のはずだ。

「その例外というのが、これなんです。ルルイエランド。現地時間で何十年かに一度、星の並びが正しい位置になった時だけ宇宙の一大テーマパークが浮上する。この限られた時だけは、地球に観光目的で一般人が訪れる事が許されます」

「だから、何で地球に作る必要が」

「言ったでしょう、地球のエンターテインメントは全宇宙の垂涎《すいぜん》の的だと。観光で立ち入る事が許されると言っても、それはルルイエランドの中だけです。それ以外の場所へは、当局が厳重に監視しているので行く事はできません。ですがルルイエランドの中ではその期間だけ、民間人にも地球製品の購買が許可されるんです。実際、ルルイエランドの中には免税店も多数ありますしね。要するに地球ルルイエランドは同人誌即売会みたいなもんです」

「ごめん、分かりかけてたけど最後ので一気に分からなくなった」

そもそもなぜこの這い寄る混沌はそっち方面の知識にやけに詳しいのか。地球に来て真っ先に覗《のぞ》いたのが同人アイテム販売店であったし。

つまり地球にルルイエランドを作る事で、地球製品をその期間、その場所限定で流通させるというのが目的であるという事か。何だかよく分からない。因果関係がこんがらがっている気がする。宇宙人の考える事は本当に理解に苦しむ。

「もっとも、ルルイエランドも節操なく来客を迎えているわけではありません。チケットを手に入れないとそもそも地球へは行けませんし、チケットもものすごい競争率なので、抽選です」

「まあ、全宇宙から際限なく来られても困るしな」

「そういう事です」

この限りなく膨張を続けている宇宙に息づく生命というのは、それこそ星の数ほどいるだろう。それらが、宇宙からしてみればほんの塵芥《ちりあくた》に過ぎない星の、さらに惑星全体から比べれば小さい島の遊園地へのチケットを抽選する。見事手に入れるには、比喩ではなく天文学的確率の幸運が必要に違いない。無駄にでかいスケールだった。

テーマパークとしてのルルイエが地球に建てられた理由は、まあ納得するとしよう。

では、もう一つの疑問。

「じゃあ、この時間が止まってるのは？」

先ほどははぐらかされたが、この時間停止はルルイエ浮上に関係があるはずだ。

「それも惑星保護の一環です。考えても見てください。到達不能極とはいえ、太平洋に今までなかった島が浮上したんですよ？　そして、銀河の内外からは宇宙人が来星しているんです。現地、つまり地球人にバレバレじゃないですか」

「まあ、そうだけど」

「ですから、ルルイエ浮上や宇宙人襲来をそもそも知覚されない為の措置が、この銀河系停止、すなわち時間凍結《オーバーフリーズ》です」

「待て、銀河系？」

「ええ。地球だけ止めたら星々の運行のバランスが崩れますでしょ。だから生物非生物の区別なく銀河系まるごと停止させています」

ものすごい事をさらりと言ってのけた。宇宙の彼方《かなた》の先進文明とやらは、銀河単位で時間を操作できるらしい。どうしてそこまでの驚異的な科学力を持っておきながら、ちっぽけな惑星のエンターテインメントにお熱なのだろう。

しかし、何か引っかかる。

どこか辻褄《つじつま》が合わないような、

「って、惑星保護するなら最初から地球にルルイエランド作るなよ。思いっきり影響与えてるだろ」

「そこなんですよねぇ。未開惑星の健全な発展を妨げてはいけないんですけど、本音だと地球製のエンターテインメントも欲しいんです。喉《のど》から触手が出るほど」

「出すな出すな」

「ですから妥協点としての、宇宙連合認可による地球製品の輸入、そして限られた期間内でのルルイエ浮上なんですよ。ガチガチに規制して暴動起こされても困りますしね」

規制緩和という事なのだろう。やっぱり連中は地球での問題を宇宙規模でやっているだけなのではなかろうか。程度の差はあれ、本質は変わらないように思える。

人類は孤独ではない、というのがＳＦのテーマの一つであるが、孤独どころか宇宙のマーケットに組み込まれていると誰《だれ》が知ろう。事実はフィクションよりも奇妙だったようだ。

「まあ、そんなわけでルルイエが浮上したって事です。ほら、もうすぐで上陸しますよ」

楽しそうにルルイエランドを指差すニャルラトホテプを見て、嘆息する真尋だった。

＊＊＊

「さあ、ここが宇宙の一大テーマパーク、ルルイエランドです！」

島に上陸し、なぜか這い寄る混沌が持っていた二枚分のチケットを手に、ゲートをくぐって入場したのだが。

「…………」

真尋は軽く眩暈《めまい》を感じた。

目に付くものすべてのバランスが滅茶苦茶だ。石畳の地面は目に痛いくらいの緑色をしているし、建造物もどこが奇妙なのか分からないくらい奇妙に歪《ゆが》んでいる。建物の端の線を辿《たど》るといつの間にか道路の線になっていたり、窓を見ると建物内のはずなのにその先にさらに街中の風景があったり。直線と曲線を思いつく限りもっとも悪趣味に組み合わせたような無秩序。

上から下に流れている水が、いつの間にか下から上に登っていた、そんなトリックアートを思い出す。平衡感覚もまるでなし。自分が本当に地面に立っているのか、だんだん怪しくなってきた。三半規管がおかしくなりそうだ。

そして拍車をかけているのがルルイエランドの客層。先ほどダゴン君の背中で見たような地球外生命体がところ狭しとひしめき合っていた。

しかしそんな中で、人型のシルエットもある。今し方すれ違ったそれを見てみる。カエルのように目が膨《ふく》らんでいて、皮膚《ひふ》には鱗《うろこ》らしきものが並んでいる。首筋にはエラのようなものが見えたり、手の指と指の間には水かきのような皮膜があったりと、常人のそれとは言いがたい。要するにシルエットが人型なだけで、立派なクリーチャーだ。小型のダゴン君と言える。

「何だあの半魚人は」

「何言ってるんですか真尋《まひろ》さん。あれはルルイエランドのマスコットキャラクターですよ。超有名でしょ」

「ま、マスコット？」

「ええ、『インスマウス』と言います。ちなみに株式会社クトゥルー、版権にはオメガうるさいですから。勝手にインスマウスを使うとひどい目に遭いますよ。この会社も宇宙著作権法の期限が切れかかる度に連合に圧力かけて延長させてるんで、宇宙著作権法は皮肉を込めて『インスマウス保護法』と」

「もういい喋《しゃべ》るな、ネタが危険だ」

ただでさえ脳が揺さぶられる風景を目の前にしているのに、脳震盪《のうしんとう》でも起こされかねない。

「さて。せっかく来たんですから、遊んでいきます？」

「はぁ？　そんな事してる暇ないだろが」

「デートみたいでロマンチックですよね！」

「聞けよ人の話」

「何乗りますか？　ちなみに一番人気のアトラクションは宇宙三大ジェットコースターと名高い『狂気山脈《マッドネスマウンテン》』ですよ！」

「誰が乗るか、そんな不気味なもん」

想像するだにSAN値が下がりそうだった。

「じゃあゴーカートは？　レン高原ストレートで最高速にトライしてみるとか」

「何でルルイエにレン高原があるんだ……」

「じゃあ何か飲みます？　黄金の蜂蜜《はちみつ》酒とか。トリップできますよ」

「遊びに来てるんじゃないんだ、さっさと仕事しろ」

「うう、仕事一筋の家庭を顧みない亭主《ていしゅ》になりそうですね真尋さん」

肩を落としつつも、ニャルラトホテプは歩き始めた。その確かな足取りに、少々疑問を抱く。

「お前、そのオークション会場って知ってんの？」

「そりゃまあ、調査済みですし」

その捜査力がありながら、どうしてニャルラトホテプ単体で任せるのか。惑星保護機構というのはいまいち不透明な組織だった。

ともあれ、ニャルラトホテプに続いて真尋も歩き出す。

明らかに建築基準法違反の見世物小屋が立ち並ぶ大通りを抜け、歩く。なぜか紫色をしている川を渡って、光の三原色のペンキをぶちまけたような木立《こだち》を抜けて、ひたすら歩く。小一時間ほど歩き倒す。

「と、遠いのな」

「非合法のオークションですからねぇ。簡単に人目についちゃまずいでしょう」

「そりゃ、そうだけどさ」

少々疲れてきた。何と言っても普通の風景ではないのだ。肉体的疲労よりむしろ精神的なものが大きかった。気がついたら暗黒面に目覚めてインスマウス面《づら》になりそうで怖い。

そんなやり取りをしてしばらく歩いていると、ふと目に付くものがあった。ぽつんと一軒だけの建物。外見は、どこにでもある教会のように見えた。別段おかしい様相でもない。

問題は、この吐き気を催《もよお》しそうな直線と曲線の掃き溜《はだ》めのルルイエにあって、その建物の法はまさしく地球のものである事だ。怪しい事この上ない。

「どうやら、ここのようですね」

真尋の憶測を裏付けるかのように、這《は》い寄る混沌《こんとん》は教会らしき建物を見て呟《つぶや》いた。

「分かるのか？」

「ええ。ほら、私の邪神レーダーにビビっと」

ニャルラトホテプの指差す先には、彼女の美しい銀髪が二束ほど逆立っていた。初めて見た。

ナイトゴーントに襲われた時はこんな事はなかったのに、いつこんな設定ができたのか疑問に思う。もしかしてその場の思いつきでやっているだけではないのか。

「でも、こんな教会みたいなところで」

「まあ、ともかく入ってみるしかありませんな……っと、忘れてました真尋さん」

怪しい建物へ一歩踏み出そうとしたニャルラトホテプは、真尋を手で制止した。そうして制服のポケットをまさぐり、何かを取り出す。

黒い箱だった。飾り気は一切ない。光を吸収して反射しないからか、夜の闇《やみ》より真っ黒だ。一辺は十センチほどだろうか。結構かさばる大きさだ。間違っても彼女の制服のポケットに入るような代物ではない。二、三時間ほど前は服の内側から爆発物や鈍器が出てきたし、どこか異次元に繋《つな》がっているのではあるまいか。

その黒い小箱を、這い寄る混沌はこちらに差し出す。

「これは?」

受け取って問いかけると、ニャルラトホテプはその白い頬《ほお》をほんのりと朱《しゅ》に染めた。

「婚約指輪です」

真尋は無言で箱を地面に叩《たた》きつけた。

ついでに四、五回ほど踏みつける。

「ちょ、何て事を！　私の愛が！　給料の三ヶ月分が！」

「それ、海外の資源メジャーが商売用に勝手に作ったキャッチコピーだからな。ほら、さっさと化け物退治に行くぞ」

「うう、私ルートのフラグ潰《つぶ》しまくってますね真尋さん……」

マジ泣きしながら、ニャルラトホテプは地面にめり込んだ黒い小箱を掘り返した。汚れを払い、再度真尋に差し出す。立方体を構成する線がどこか歪《いびつ》だったが、これは踏みつけた時に歪んだのではなく最初からこうなのだった。

「何だよ、今度は結婚指輪って言うつもりか」

「それはそれで大変魅力的なんですが、違います。お守りのようなものです」

今度は真面目《まじめ》な顔をしているので、真尋は受け取ってやった。変に媚《こ》びずに最初からちゃんとしていればいいのだ。

「お守り?」

「ええ。この中は言ってみれば敵の本拠地みたいなものですし。何が起きるか分かりませんので保健……もとい保険です」

「いったい何が入ってるんだ」

「ミミックです——冗談! イッツジョーク! だからもう投げないでください!」

「お前は開けさせたいのか開けさせたくないのかどっちなんだ」

うんざりしつつ、真尋は小箱を背負っていた鞄《かばん》の中に入れた。十センチ四方の立方体を常時手に持っていたくはない。

「では、入りますよ」

ニャルラトホテプが教会然とした建物の扉を開く。てっきり宇宙ピッキング技術という名の蹴《け》りを加えるのかと思っていたが、どうも施錠《せじょう》はされていないようだ。非合法のオークションが行われる現場にしては、セキュリティがずさんすぎる。

しかし当の這い寄る混沌はそう思わないのか、さっさと入り口から中に入ってしまった。置いていかれるのはまずい、慌てて後を追う真尋。

中に入るとまず視界に飛び込んできたのは、礼拝堂……ではなく、通路だった。目に痛いくらいの白塗りで、幅が四、五メートルはありそうだ。もう少し壁の色が暗ければ、地下鉄の連絡通路のような趣《おもむき》がある。

そんな通路が、遠く果てまで続いていた。向こう側が霞《かす》んでいて見えない。

「……外から見た時は普通の教会だったよな。間違っても、こんな奥行きなんてなかったよな」

「ええ、空間が歪んでますからね」

「空間の歪みじゃ、しょうがないな」

自分でもだいぶ不思議時空に耐性がついてきたと思う。

「さ、恐らくこの奥です。参りましょうか」

こちらの答えも聞かずに、ニャルラトホテプは歩き始める。

かつん、かつん。靴が床を叩く音だけが反響する。何もない、無駄に長い廊下。ルルイエに到着してからこっち、歩き詰めだ。そろそろ疲れてきたし、空腹も自覚してきた。時間が止まっていなければ、恐らくもう夕飯時だ。こんな事なら件《くだん》の黄金の蜂蜜酒でも飲んでくれば……いやいや、これ以上向こう側に踏み入りたくはない。

「む、お出迎えのようですね」

「え？」

ニャルラトホテプの足が止まる。彼女の視線を辿《たど》ってみると、その先、通路の前方に黒い影があった。もう雑兵《ぞうひょう》Aと化している、お約束のナイトゴーントだ。進路を塞《ふさ》ぐように複数が立ちはだかっている。邪魔をするという事は、この先で邪魔されたくない催しをしているわけで、やはり惑星保護機構の調査は正しいらしい。

「真尋さん！　ここは私に任せて先へ行ってください！　なぁに、すぐにこいつらを倒して追いつきますさ！　あなたをお守りするのは私だけですからね！」

「なぜここで唐突に死亡フラグをおっ立てる必要がある」

「いえ、その。一生に一度は口にしてみたい台詞《せりふ》じゃないですか。『私、この仕事が終わったらお嫁に行くんです』とか」

「だいたい僕を守るのが役目なのに僕を先に行かせたら駄目だろ。そもそもあいつらが邪魔で向こう行けねえよ」

「ロマンの分からない人ですね真尋さんは」

ぶつぶつ言いつつ、ニャルラトホテプはポケットから『冒瀆的《ぼうとくてき》な手榴弾《しゅりゅうだん》』を取り出した。

瞬間、真尋は目と耳を塞ぎ後ろを向く。

轟《ごう》。

漢字一文字で表すと、まさにそれが相応《ふさわ》しかった。地響きで思わず床にへたり込む真尋。

「真尋さん、片付けましたよ！　褒《ほ》めて褒めふんぐるいいいい！」

最後まで言い終えさせる前に、這い寄る混沌の首筋にフォークを超思いっきり突き立てた。

「屋内でぶっ放す奴《やつ》がどこにいる！　生き埋めになったらどーすんだ！」

「この程度で生き埋めになるなんて、ほんと地球人って虚弱貧弱無知無能の——すみませんごめんなさいもうしません！」

目玉を突き刺そうとフォークを振り下ろしたが、数センチ手前でニャルラトホテプの手で止められてしまった。それでも収まりきらず、なおフォークを握る力を強める真尋。

「もうその手榴弾禁止だ……！」

「し、しかしこれは私の宇宙CQCでも屈指の威力を……」

「もう『近接』でも『格闘』でもないだろが！」

「わ、分かりました！　レバーに銘《めい》じます！」

涙目になっている這い寄る混沌を見て、真尋は怒りの矛先《ほこさき》を収めた。どうせまた苛立《いらだ》たせられる事には違いないのだろうが。

「ったく、お前はいつになったら真面目に一生懸命仕事してくれるんだ」

「私としてはいつになったら真尋さんにデレ期が到来するのかと触手を長くして心待ちにしているんですが」

「永遠に来ねえよ」

そんなやり取りを交え、長大な廊下をかつかつ鳴らして進んでいく。冒瀆的な手榴弾が炸裂《さくれつ》した割には、内壁に目立った損傷はない。冒瀆的な手榴弾の威力が低いのか、耐震設計が並外れて優《すぐ》れているのか、いまいち分からなかった。

そうしてしばらく歩いていると、不意に前方に終わりが見えた。遠くに霞むほど先行きが見えない通路だったのが、どこかに繫がっているような出口がぽっかりと開いていたのだ。

「出口、か？」

「正確には入り口でしょうね」

答えて、ニャルラトホテプは歩行の速度を上げる。真尋もそれに倣《なら》い、その入り口へと足を踏み出した。

通路から出ると、そこは一転して広い空間だった。陸上競技でもできそうなくらいの面積で、天井を見るとドーム状に湾曲しているのが分かる。円形に作られているようで、外周には観客席と思《おぼ》しきスペースが見えた。まさしく室内競技場といった趣がある。

外から見た時は確かに一つの建物だったはずで、間違ってもこんなドームがあったようには見えなかった。宇宙人のテクノロジーというのは無茶だと改めて感じた真尋だった。

「ここ、会場?」

「そうでしょうが」

その割には誰《だれ》もいない。てっきり人外の存在がところ狭しとひしめき合う魔境を想像していた真尋は肩透かしを食らった。

――いや、違う。

「ようこそ、本日の主賓《しゅひん》」

それはいつの間にかそこに立っていた。

立派な顎髭《あごひげ》をたくわえた、透けるような白髪の老紳士だった。彫りが深く、いかめしくも威厳のある顔立ちをしている。肌に刻まれた皺《しわ》が彼の歴史を物語っているようだ。

立っていた、というのは語弊《ごへい》があるかもしれない。それは、貝殻のような巨大な何かに乗っているのだ。しかし、一瞬前までは姿形も見えなかった。真尋は確かに先ほどドーム内全体を見渡したのだ。あの老人は、そしてその足元の貝殻の車のような乗り物は、突然出現したという形容が相応しかった。

「な、何だ、あの貝のお化けみたいなのは」

「今回の一件の黒幕といったところでしょう。ナイトゴーントをこき使う奴っつったら、薄々は気付いていましたがね。ノーデンス」

　ニャルラトホテプが軽く睨《にら》む。

　ノーデンスと呼ばれた存在は、その老紳士然とした顔を歪めて肩を揺らした。

「ノーデンスってあれだろ。旧神の一匹とか。人間に友好的な優しい存在じゃなかったのか」

「いや、ですから。全部ひっくるめてノーデンス星人って事なんですよ。いい個体がいれば悪い個体もいる。過去、地球に来星してクトゥルー神話の元ネタになったのは、『きれいなノーデンス』だったんでしょ。逆にあれば、悪い奴という事です」

　分かるような分からないような説明だった。

　不意に、わっ、と歓声が上がった。いつの間にか、ドーム内の観客席は満員御礼《おんれい》。宇宙人達が座って、あるいはスタンディングオベーションしていた。真尋が想像していた通り、人外がひしめき合う魔境と化している。

「お客様方も待ちわびていたようだ。触腕を長くして」

「いや、伸ばすな伸ばすな」

「では、闇《やみ》のオークションを開始しよう」

　ノーデンスが両手を掲《かか》げると、それに煽《あお》られて観客の化け物共がより一層の歓声を上げた。

「そんな余裕ぶちかましてていいんですか。この私が来たんですよ、ノーデンス。あなたも、ここにいる客も、一切合切《いっさいがっさい》——皆殺しです」

「お前、今から向こうに寝返ってもまったく違和感ないよな」

どちらが悪か分からなくなってきた。

「ククク……ニャルラトホテプが派遣されるのは最初から分かっていた。であれば、対策などいくらでも立てられるというもの」

「ザルだな、惑星保護機構」

「真尋さん、いちいちツッコミうるさいです。分かっていたから、どうだと？　ノーデンス。対策、大いに結構でしょう。あなた方が人生にさよならするまでの時間がほんの少し延びる、素晴らしい事です」

すでにニャルラトホテプの頭の中には逮捕《たいほ》という概念はないようだった。悪・即・斬《ざん》という事なのだろう。敵に回すと恐ろしく、味方に回すとややこしい存在だった。

「では、対策を披露《ひろう》しようか」

ばっ、と片手を振るノーデンス。それが合図であるかのように、今まで盛りに盛り上がっていた会場の化け物達が一斉《いっせい》に静まった。

「な、何だ何だ」

一転しての水を打ったような静けさに、真尋は戸惑ってしまう。そんな中、ノーデンスは威厳に満ち満ちた表情で口を開いた。

「ふんぐるい・むぐるうなふ・くとぅぐあ・ふぉまるはうと・んが痛っ！　ぐああ・なふる・

たぐん！　いあ！　くとぅぐあ！」

「おい、あいつ噛《か》んだぞ。今、明らかに噛んだぞ」

「噛みましたね。まったく、かっこつけて慣れない事するから」

「ええい、黙れ黙れ！　吠《ほ》え面《づら》かかせてくれる！　先生、お願いします！」

言葉尻《じり》で突然敬語になったノーデンスは、巨大な貝殻の乗り物ごと真横にスライドした。今まで巨軀《きょく》に遮《さえぎ》られて見えなかった向こうが露《あら》わになる。

炎があった。

揺らめきの音が耳に聞こえてきそうなほどの轟炎《ごうえん》が、そこに浮かんで——いや、立っていた。燃え盛る炎には、四肢《しし》があった。頭も、胴体もあった。顔の輪郭すらあった。

驚いた事に、炎は人間、それも少女に見えた。歳《とし》の頃《ころ》は真尋と同年代くらいに思える。無表情で、無愛想《ぶあいそう》に唇を真一文字《まいちもんじ》に結んでいた。頭からなびく炎がまるで長い髪のようだ。火の粉が弾《はじ》けるほど全身が真紅の中にあって、その二つの瞳《ひとみ》はなお一層煌々《こうこう》と輝いていた。

今までのクトゥルー神話然とした生臭さは一切ない。ある種の神々《こうごう》しさすら感じさせる。這い寄る混沌で感覚が麻痺《まひ》していたが、一応この連中は神性を有した存在なのだと思い出させるのに充分な威容だった。

「げ、クトゥグア！」

ニャルラトホテプが心底嫌そうな声を出した。

「クトゥグア……生きてる炎？」

「そうです。我々ニャルラトホテプ星人とは犬猿の仲です」

本で読んだ事がある。南の魚座の一等星フォーマルハウトに住まうクトゥグアは、ニャルラトホテプの天敵なのだそうだ。本来は人間など意に介さないクトゥグアが、ことニャルラトホテプを撃退する際には召喚に応じるほどだとか。

「でも勝てるんだよな？」

「……いや、その」

「……勝てるんだよな？」

「……わ、私だって苦手なタイプの一人や二人」

真尋は血の気が引くのを感じた。

そも、真尋が今まで平静を保っていられたのは、ひとえに這い寄る混沌の存在によるところが大きい。ナイトゴーントやグールと相対する。ルルイエに乗り込む。そして黒幕のノーデンス登場。そんな荒唐無稽《こうとうむけい》な展開について来られたのは、圧倒的な戦闘力を持つニャルラトホテプが護衛として側《そば》にいたから。

彼女のその絶対的な自信があったればこそ、今までも真尋は漠然《ばくぜん》と、何とかなるんじゃないかと思っていた。しかし、クトゥグア。炎の生ける花火。あれが出てきた途端に、ニャルラトホテプは露骨に狼狽《ろうばい》している。

「ど、どーすんだ！　ここまで来ておいて今さら勝てませんはないぞ！」

「う、む……あれもいわゆるクトゥグア星人の一個体なんですが、困った事に連中、よい個体も悪い個体もみんな一様にニャルラトホテプ星人が嫌いなんですよね」

「そんな事を今言うな！」

「しかもあの個体……クー子……」

「し、知ってるのか？」

「宇宙幼稚園、宇宙小学校と一緒だったんですけど、筆舌《ひつぜつ》に尽くしがたい喧嘩《けんか》をしてきました」

「じゃあ、それなりに対処法は」

「いえ、ないです。ほんと苦手なんですよ、あれは」

「どぉすんだよぉぉ！」

がくがく、とニャルラトホテプの肩を揺さぶる。

「真尋さん危ない！」

ニャルラトホテプに胸を押された。予期せぬ事に、真尋は踏ん張る事もできずに背中から倒れる。ろくに受け身も取れずに、息が詰まった。

「つぅ……おいこら何を――」

文句を言おうと上半身を起こした真尋は、怒声を飲み込んだ。

クトゥグアが、燃えたぎる腕でニャルラトホテプの喉元《のどもと》を摑《つか》んで持ち上げていた。苦悶《くもん》の表情を浮かべる這い寄る混沌など、初めて目の当たりにする。

「続きは誰もいないところでするがよい」

しゃがれた、しかし威圧感のある声。

ノーデンスだ。貝殻の戦車に乗ったまま、両手をニャルラトホテプ達の方へ突き出している。その両手から、黒い球体のようなものが生《しょう》じた。最初はソフトボールほどの大きさだったそれは、紫電《しでん》を弾けさせながら次第に大きくなる。やがて、人一人はすっぽり収まってしまうほどのサイズになった。

あれはまずい。何も分からない真尋だが、本能でそう悟った。

「では、よろしく！」

高らかに宣言し、ノーデンスがその黒球を解き放つ。瞬《また》く間にニャルラトホテプ達の元へ到達し、二人を飲み込んだ。黒球は激しく電光をまき散らしながら高速で回転し、そして収束していく。黒球の生成過程を逆再生で見ているように、小さくしぼんで消えてしまった。

二人の邪神ごと。

残されたのは、周囲を囲む多種多様な人外の宇宙人と、ノーデンス。そしてその中にぽつんと一人だけ地球人の真尋。

「……え」

自らの置かれた状況に、真尋はただ意味もなく呟《つぶや》きを漏らすのみだった。

＊＊＊

「う……むう」

呻《うめ》き声を漏らして、ニャルラトホテプはまぶたを開いた。小さく左右に首を振って、鈍《にぶ》い動作で上半身を起こす。

何が起きたのか、現状を高速で確認する。クトゥグアが突進してきて、首根っこを掴まれて。

それからノーデンスの妙な必殺技を受けて。

その後は？

ニャルラトホテプは周囲を見回す。

何もなかった。見渡す限り、一面の灰色。どこが上下でどちらが左右であるのか分からない。果てがあるのかさえも不明の、広大な空間。そのくせ、どこか窮屈《きゅうくつ》さを感じさせる。圧迫感とでも言おうか、絶えず身体《からだ》を締め付けられているような嫌な感じ。

「まさかこの空間は、敵の力が半分に、味方の力が二倍になるというノーデンス時空！　知っているのかニャル子！　ウム、聞いた事がある」

一人芝居が何もない空間に木霊《こだま》する。とても虚《むな》しかった。こうなると、フォークが怖いとは

いえ的確に突っ込みをくれる真尋少年の存在は芸人冥利《みょうり》に尽きるものだと、

「真尋さん！　そうです、真尋さーん！」

守るべき地球の少年。見ているだけで胸キュンしてしまうニャルラトホテプ好みの彼が、ここにはいない。ノーデンスが放った黒球がこの時空への強制転移だとすれば、真尋はあのままオークション会場にいる事になる。宇宙人に囲まれて、たった一人で。

「こいつはやべぇーっ！　早いとこ戻らんと真尋さんの貞操《ていそう》が！　私よりも先に連中に！」

「……行かせない」

「は？」

何もないはずのノーデンス時空に、自分以外の声。

振り向くと、そこには紅蓮《ぐれん》の炎がゆらめいていた。

「……ニャル子は、わたしとここにいるの」

「……そういえば、あの時あなたも一緒に食らいましたものね」

舌打ちして、ニャルラトホテプは燃え盛る業火《ごうか》――クトゥグアを睨みつけた。いつの間にそこに、とは聞くまい。我々はそういう生き物なのだ。

「あの少年のところには行かせない」

「まったく、そこまでして私の邪魔をしたいんですか、クー子。昔っから人のやる事為す事すべてにケチつけよってからに」

ニャルラトホテプにとって、このクトゥグアの個体は旧知の中だ。竹馬《ちくば》の友と言えば聞こえはいいが、思い出に残っているのは喧嘩をするシーンしかない。自分とこのクトゥグアに限った事ではなく、別のニャルラトホテプ星人とクトゥグア星人でも同じだろう。理屈ではなく、生理的に受け付けないのだ。

「ニャル子はずっとここにいるの。わたしと一緒に」

「願い下げですこの野郎。あなたとなんて関《かか》わり合いたくもないですが、邪魔をするなら仕方ありません。苦手なんて言ってる場合じゃないですしね」

ニャルラトホテプが吐き捨てると、クトゥグアはかすかに眉《まゆ》を下げた。困ったような、寂しそうな表情に見えるが、気のせいだろう。ニャルラトホテプとクトゥグア、この二者間にそんな感情が挟むわけがない。

「……ニャル子、わたしは」

「あれ？　あそこにいるの、ヨグソトス先生じゃないですか？　ほら、小学校時代の恩師の」

「……え？」

「——隙《すき》ありゃあああっ！　死にさらせやぁっ！」

クトゥグアが馬鹿《ばか》正直に後ろを向いた瞬間、ニャルラトホテプは動き出した。背中から名状しがたいバールのようなものを引きずり出し、無防備なクトゥグアの後頭部目がけて振り下ろす。もちろん、釘抜《くぎぬ》きの尖《とが》った方を向けて。

がきん、と音がした。クトゥグアの頭蓋骨《ずがいこつ》を粉砕《ふんさい》した音ではない。もっと重々しい、金属同士を打ち鳴らすような響きだった。

見ると、クトゥグアは後ろを見せたまま、背中から何かを抜いていた。それでニャルラトホテプの攻撃を防いだのだ。

茶褐色《ちゃかっしょく》の棒状の金属。

名状しがたいバールのようなもの。

「……ち」

舌打ちするニャルラトホテプ。

「……昔とおんなじ。ニャル子はすぐ不意討ちとか騙《だま》し討ちとかする。ずるい」

「学習しましたか、小賢《こざか》しい」

小学校の時、体育の宇宙ＣＱＣの授業でいつも先手を取っていたのはニャルラトホテプだった。クトゥグアが述べた通り、十割は不意討ちだ。

「押しが弱いのも、一緒」

押し合う二振りの名状しがたいバールのようなものが、軋《きし》みを上げる。クトゥグアは後ろ向きで力が入れづらいはずなのに、ニャルラトホテプは押されている自分を感じていた。

と、不意にクトゥグアの押す力が弱くなる。踏ん張っていたニャルラトホテプは、勢い余ってやや前傾姿勢になってしまった。

ひゅっ。

風を切るような音。猛烈に嫌な予感がして、ニャルラトホテプは無理やりに上体を反らした。一瞬前までニャルラトホテプの顎《あご》があった位置を、高速で走るものがあった。

踵《かかと》。

クトゥグアが背を向けたまま、踵で蹴《け》り上げたのだ。判断が刹那《せつな》でも遅れていたら、顎を持っていかれるところだった。

足場を蹴り、間合いを離すために後ろへ飛びのく。

「ったく、胸クソ悪い」

ニャルラトホテプは不機嫌を隠さない。

押しが弱い。クトゥグアはそう言った。その通りだ。小学校の宇宙CQCの組手でいつも先手を取るのはニャルラトホテプだった。だが、それだけだ。不意討ちをしてなお、イーブンに持ち込まれる。クトゥグアはそういう相手だ。だから苦手なのだ。

「……ほら、次」

クトゥグアはそう呟くと同時に、一瞬で間合いを詰めてきた。下段から襲いくる名状しがたいバールのようなものを、同じくそれで弾き返す。骨の髄《ずい》まで響き渡るような鈍い衝撃だった。

それだけでは終わらない。真横から、クトゥグアの蹴りが飛ぶ。名状しがたいバールのようなものでガードするのでは遅い。ニャルラトホテプは無様《ぶざま》ではあるが地面を転がった。その真上をクトゥグアの蹴り足が通過する。

素早く起き上がり、間合いを離して体勢を整えるニャルラトホテプ。そのまま胸元に手を突っ込み、冒瀆的《ぼうとくてき》な手榴弾《しゅりゅうだん》を取り出す。先ほど真尋少年に禁じられたとはいえ、あくまでそれは室内での話。果てのないノーデンス時空で使っても文句は言われまい。いや、文句を言う少年を助ける為《ため》には、何としてもここでクトゥグアを撃退しておく必要があった。

「私の宇宙CQCパート5！」

ピンを抜き、その無骨なパイナップルをクトゥグアめがけて投擲《とうてき》した。

指向性爆弾である冒瀆的な手榴弾は爆発のエネルギーを周囲に発散させず、ピンポイントに集中させる。公園で使用した際に他の遊具に影響がなかったり、先ほどの室内でも内壁が崩落しなかった理由はそこにある。どんな地形においても十全の破壊力を発揮する投擲兵器。

それが爆発した。

ただし、目標であるクトゥグアに辿り着く前に。

ぞわり、と背筋に悪寒が走る。肌が粟立《あわだ》つのを感じる。邪神レーダーである髪の毛が敏感に反応していた。ここにいてはまずい。本能が全力でそう告げていた。

一瞬で思考をまとめ、真横に転がる。

その視界の端を一筋の光が抜けていった。クトゥグアの身体と同じ赤い光。ニャルラトホテプは転がったまま地面を蹴って、再度回避行動を取った。ニャルラトホテプが元いた場所を追いかけるように次々と光の筋が降り注ぐ。

それらが収まったのを見計らって、ノーモーションで立ち上がる。

「……わたしの宇宙CQC百式」

ぽつりと呟くクトゥグアの周囲を、二つの小さな燐光《りんこう》が飛び交っていた。自身から出る火の粉ではない。人の握り拳《こぶし》ほどありそうな、螢のような炎の塊。

炎の精とも、ジンニとも呼ばれる。単純にクトゥグアの炎のクリーチャーと称される事もある。伝承においては、クトゥグアが召喚される時に共に地球に来る護衛者。

その実体は、クトゥグアの意志に導かれて戦場を自由自在に駆ける攻撃端末だ。

「……精神感応型無線誘導式機動砲台、『クトゥグアの配下』。相変わらず小汚い」

吐き捨てて、ニャルラトホテプは身を屈《かが》める。その頭上を予備動作なしで熱線が走った。

「……撃つよ」

「撃ってから言うなというに！」

突っ込む間にも、回避行動は忘れない。

炎の精は主人であるクトゥグアの思惟《しい》の流れに呼応して、トリッキーな動きを見せる。上下左右、あらゆる角度から高熱のレーザーを浴びせるのだ。対してニャルラトホテプはせいぜいが冒瀆的な手榴弾による中距離投擲。リアルロボットよりもスーパーロボットが好きなニャルラトホテプはインファイトに特化している。もっとも、そのインファイトでさえクトゥグアには遅れを取ってしまうのだが。

「……お嬢さん、お逃げなさい」

「一番で逃げろと言っときながら二番で呼び止めるな！」

拍手を打ってリズムを取るクトゥグアに、律義なニャルラトホテプはツッコミを欠かさない。

上方から降り注ぐ熱線を、名状しがたいバールのようなもので切り払う。が、防げはしたものの刀身がどろどろに溶けてしまった。

ニャルラトホテプは自分に言い聞かせる。

逆に考えるんだ。

名状しがたいバールのようなものを一本犠牲にすれば防げるのだと考えるんだ。

ニャルラトホテプは背中に手を入れ、得物を抜くと同時にクトゥグアに投げつけた。先端が直角に曲がった金属は、唸《うな》りを上げて回転しながらクトゥグアに襲いかかる。が、真下から伸び上がった熱線によって溶断されてしまう。

その時にはすでにニャルラトホテプは再び背中に手を突っ込んでいた。しかも今度は両手だ。手の中に収まる武器を、躊躇《ためら》いもなく投げつける。二振りの名状しがたいバールのようなものが弧を描くように飛んでいく。

クトゥグアが眉を寄せたのが見えた。今まで無表情だったそれに、焦りのような顔色が生まれていた。読み通りだ。炎の精は恐らく、いつまでも熱線を放出し続ける事はできない。一秒か、それともそこに満たない一瞬なのか、インターバルが存在する。そして、炎の精は見た限りでは二基。一基ずつのローテーションだとしても、そこには必ず合間が生じる。

一瞬でもあれば充分だ。そこに攻撃を重ねていけば、次第にその隙は大きくなる。

背中に収納されている名状しがたいバールのようなもの、残り本数二百六十九。

——すべて使い切る。

二つのブーメランが撃ち落とされるのを待たずに、ニャルラトホテプは次弾を装塡《そうてん》して間髪入れずに投げつけた。

宇宙CQCにおいて単純な力で勝るクトゥグアに対して、ニャルラトホテプが有する優位性。それがこの武器の収容能力だ。クトゥグアが背中に収納する得物は頑張っても二振りがいいところだが、ニャルラトホテプはちょっと他人には言えない方法でその数を飛躍的に高めている。乙女《おとめ》の秘密なのだ。

三つ四つ、十や二十が落とされても構わない。

二百を超える数の中で、ただ一つでも届けば、そこから突破口を開く。

寸毫《すんごう》の猶予《ゆうよ》も与えず、ニャルラトホテプは得物を投げ続けた。二者間を飛び交う金属と熱線が、嵐《あらし》のように吹き荒れる。

次第にニャルラトホテプがわずかずつクトゥグアを押していく。二基の熱線よりも二本の腕の方が速い。手数の多さ、加えて手先の器用さには学生時代から定評があった。

そして、ついにその時はやってきた。

炎の精のレーザーが二本の名状しがたいバールのようなものを撃ち落とした瞬間、その間を三本目が抜けていく。

「っしゃあ！　くたばりゃあ！」

炎の精の射撃は間に合わない。当のクトゥグアは無防備だ。快哉《かいさい》を叫んで、ニャルラトホテプは接近の為に一歩足を踏み出し、
ぴちゅん。

止まった。

「……え？」

ニャルラトホテプは虚を衝かれたように声を漏らす。

レーザーの包囲網をすり抜けて飛翔した名状しがたいバールのようなものが、ほぼ中心から真っ二つに溶断されて乾いた音を立てて落ちた。

「……わたしの宇宙CQC、裏百式」

呟くクトゥグアの周囲に、炎の精が漂《ただよ》っている。

その数、六つ。

三倍に増えていた。

「ちょ、何ですかそれ！　あんた昔は二基しか出せなかったでしょ！」

「……ほら、人は日々成長するものだから？」

「何で疑問系なんですか！」

小首を傾《かし》げるクトゥグアに、名状しがたいバールのようなものを両腕で投げる。ついでに三本目を足で蹴り飛ばす。しかしそれらはクトゥグアに届く前に、降り注ぐ熱線に撃ち落とされた。小憎らしい事に、一本に対して二筋のレーザーを浴びせている。

「ひ、卑怯《ひきょう》くせえーっ！　だいたい射程無限のレーザーなんてどこが近接格闘なんですか！」

それは先ほど真尋少年に自身が突っ込まれた事と同内容だったのだが、がなり立てずにはいられなかった。

「……シチズン・ブライト出版版『すごいぞ！　ぼくらのうちゅうCQC《しいきゅうしい》』」

「我々ん時の採択教科書じゃないですか」

「序文。『あなたがうちゅうCQCだとおもうものがうちゅうCQCです。ただし、たにんのどういをえられるとはかぎりません』」

「そうだったぁっ！」

教科書の内容を思い出し、ニャルラトホテプは頭を抱えた。

そもそも宇宙CQCにこれという定義はない。基本はあれど、そこからのアレンジは自由だ。だから宇宙CQCを使用する時に、ニャルラトホテプならば『私の宇宙CQC』と自分流である事を宣言しているのだ。これは宇宙CQC使用者の慣例と言えた。

極端な話、超遠距離からライフルで狙撃《そげき》しても宇宙ＣＱＣと言い張ってしまえばそうなのだ。

「……お嬢さん、お逃げなさい」

「二回も同じボケをすなや！」

ぎり、と奥歯を噛《か》むニャルラトホテプ。

炎の精のレーザーが六筋、放たれた。絶望的な危機感を抱き、ニャルラトホテプは回避に移る。最初の二発は横っ飛びで躱《かわ》し、次の二発は両刀の名状しがたいバールのようなものを犠牲にして防ぐ。

だが、そこまでだった。

「うあっちゃあああっ！」

最後の二発が、両足首に命中する。ろくに受け身も取れずに転がり回るニャルラトホテプ。熱い。半端じゃなく熱い。学生時代に浴びせられた事は何度かあるが、今回はその比ではなかった。骨の髄まで溶けてしまいそうな熱量が足首を苛《さいな》む。

ひとしきり転がって、仰向《あおむ》けに大の字になるニャルラトホテプ。その視界一杯に、燐光をまとうクトゥグアの姿があった。ご丁寧に炎の精も総員侍《はべ》らせて。

無理な体勢ではあるが、武器を取ろうと背中に手を伸ばす。が、前屈みになったクトゥグアにその両手を摑《つか》まれてしまう。

レーザーとは違ってクトゥグア本体の熱量は見た目ほどではないようで、触れ合う肌が焼ける事はなかった。しかしピンチなのは変わらない。反撃の手段がないのだ。このままでは真尋少年を助けには行けない。

ノーデンス時空と現実の空間では時間の流れは違うはずだが、現実ではあれから何分経《た》っているだろうか。

あるいは、何時間？

それはまずい。とてもまずい。惑星保護機構の仕事だという事を抜きにしても、真尋少年は守り抜きたい。あれだけの好みのタイプを人身売買させるわけにはいかない。

では、どうする。この危機的状況を。

「……手を焼かせてくれた。もともとわたしの手は焼けてるけど」

「誰《だれ》が上手《うま》い事を言えと――？」

言いかけて、止まる。

クトゥグアが馬乗りになって、ニャルラトホテプの頬《ほお》に手を当ててきた。引き裂くのでも握り潰《つぶ》すのでもなく、そっと優しく包み込むように。

クトゥグアのその表情は穏やかなものだった。まるで長年焦がれたものが手に入ったような、満ち足りた面持ち。

その炎揺らめく手が、頬から下りていく。顎を伝い、首筋から襟《えり》の部分に。

しゅるり。

制服のタイを抜き取られる。

ぷち、ぷち。

ブレザーのボタンを外された。

「……あんた、何やってんですか」

「……ニャル子を、抱く」

「は？」

ぷち、ぷち。

今度はワイシャツのボタンを丁寧《ていねい》に外《はず》していく。緩められたワイシャツがクトゥグアの手によって左右に開かれた。場合が場合なら真尋少年に見せて反応を楽しむはずだった、黒の勝負ブラジャーが露《あら》わになる。

「……ニャル子、大人」

「じゃなくて！　何をやっているのかと聞いているんです！」

「ニャル子を抱く」

「は、ハグの方で？」

「セックスの方で」

「そっちかよ！　意味分かりませんよ！」

叫び声もまったく意に介さない様子で、クトゥグアはニャルラトホテプの胸に頬を寄せてきた。谷間に顔を埋《うず》めるようにして、幸せそうに目を閉じている。

「……ニャル子、好き」

「はぁっ⁉」

耳にしてはいけない呟《つぶや》きが聞こえてきたような気がする。

「ずっと好きだった。幼稚園の頃《ころ》から、ずっと」

「いやいやいや！　その理屈はおかしい！　だいたい私はニャルラトホテプで、あんたはクトゥグアでしょうが！　アンダスタン⁉」

不倶戴天《ふぐたいてん》の敵同士である。憎しみこそすれ、和解から一足飛びで好意を持つなどという事はあり得ない。過去、地球を訪れてラヴクラフトの小説のモチーフになったニャルラトホテプとクトゥグアの個体がたまたま犬猿の仲だったのではなく、一族郎党すべてが同様なのだ。

そんな意味を込めて立場を確認させてやったつもりなのだが、しかし当のクトゥグアは何かを悟ったような表情で首を小さく左右に振り、

「……おじいちゃんが言っていた。『ニャルラトホテプを愛するクトゥグアがいてもいい。自由とはそういうものだ』って」

「フリーダムすぎんぞ、そのジジイ！」

もう何が何やらさっぱり分からなかった。

クトゥグアの少女らしくほっそりした指先が、ブラジャーのフロントホックを外した。ぷち

ん、と音を立てて布地が左右に弾《はじ》かれ、ニャルラトホテプの乳房が露わになる。

「……ごめん、ちょっとタイム」

クトゥグアが片手で鼻を押さえた。指の隙間から一筋、赤い液体が流れている。

「待てやコラ！　そもそも私の事が好きなら、何で昔っから事あるごとに喧嘩《けんか》ばかりふっかけてくるんですか！　幼稚園の入園式から小学校の卒業式まで一年三百六十五日！」

「……だって。ニャル子の気を引きたかったから」

「好きな子をいじめたくなるガキの心理で人を燃やそうとするんじゃねえ！」

クトゥグアの配下からの全方位熱線攻撃がすべて愛情表現だったらしい。歪《ゆが》んでいるというより、壊れていた。

「小学校を卒業して、ニャル子が別の中学校へ行っちゃって、そのまま連絡できなくなって。とても寂しかった。ずっと会いたいと思ってた。ニャル子の行方《ゆくえ》を探してたら、ここに来るって分かって。わたしもノーデンスを脅して待ってたの」

「……あれからずっと私を探してたんですか、このストーカーめ。仕事はほったらかしでいいんですか」

「……わたし、無職」

「働けよ！」

こんなのが同期の桜だと思うと情けなかった。

「……幸せいっぱい、夢いっぱい」

露出した胸に顔を埋めて、クトゥグアがうっとりと陶酔したように艶《つや》っぽい声を漏らす。その炎をまとう指先がゆっくりと、乳房の先端に息づく蕾《つぼみ》に触れようと伸びてくる。

「ちょ、やめなさい！　私には真尋さんという心に決めた殿方が！」

ぴた、と赤熱した指先が停止した。

「……あの少年、ニャル子の何？」

クトゥグアの表情には怪訝《けげん》の色が浮かんでいた。

「何って、そりゃ……運命の赤い触手で結ばれているダーリンとでも言いましょうか……」

ぴく、とクトゥグアの片眉《まゆ》が吊《つ》り上がった。

「……好きなの？」

「いや、その、有り体《てい》に言えば一目惚《ぼ》れっていうか……って、何言わせるんですか！」

「……出会って間もないのに？」

「あんた、主人公とヒロインの間にそんなに小さい頃の約束とか前世からの記憶とかの伏線がごろごろ転がってると思ってんですか。ギャルゲーのやり過ぎですよ」

「……そう」

ぞく、とニャルラトホテプの背筋が粟立《あわだ》った。生きている炎、炎の生ける花火と形容されるクトゥグアにあるまじき、底冷えするような声音だった。煌々《こうこう》とした光をたたえる瞳《ひとみ》が、まるで猫科の猛獣のようにすうっと細められる。

　ニャルラトホテプに馬乗りになっていたクトゥグアが、不意に立ち上がった。つい数秒前までご執心だった剝《む》き出しのバストに目もくれず、そのまま後ろを振り返る。

「ど、どうしましたか」

「……その少年、始末する」

「なっ⁉」

「肉を焦がす。骨まで溶かす。灰も残さず焼き尽くして、魂ごと蒸発させる」

　静かな口調とは裏腹に、クトゥグアの言葉は狂気すら感じられた。

　本気だ。クトゥグアは本気で真尋少年をウェルダンに焼こうとしている。炎は嫉妬《しっと》の象徴だ。炎属性の頂点に君臨するクトゥグアである、その嫉妬深さは尋常でないものがあるらしい。

「────」

　今度はニャルラトホテプが目を細める番だった。思考回路が組み換わったように、頭の中がひどく冷静になる。

　今まではニャルラトホテプとクトゥグア、二者間の問題だからよかったのだ。鈍器で殴打されようが、高熱で焦がされようが、それは我々の法だ。日常茶飯事であるとさえ言える。

　しかし、真尋少年。彼はこの地球の住人だ。その手の耐性などはまったくない。このルルイエに訪れる宇宙人からすれば、塵芥《ちりあくた》にも等しい脆弱性《ぜいじゃくせい》しか有していない。そんな彼までクトゥグアとニャルラトホテプの争い、しかも痴情のもつれに巻き込むのであれば。

クトゥグアはここで潰す必要がある。

ニャルラトホテプはゆっくりと立ち上がった。両足首の痛みはすでにない。痛覚は消した。まったくもって体調に問題なし。はだけている胸元も今は構っていられない。

ニャルラトホテプの様子に気付いたのか、クトゥグアが振り返る。

「……全部終わるまで寝てた方がいい」

「終わらせるかってんですよ」

「……まだやるの？　ニャル子じゃ、わたしには勝てないよ」

カチ、と。

頭の中のスイッチを切り替える。

それは覚悟を決めたという事だ。

「小学校の頃」

「……え？」

「よく喧嘩しましたよね。それこそ、教室を焼き払ったり爆破したり」

「……うん」

「クラスの二大問題児って言われて、先生のゲンコツが我々に集中して。でも成績でもツートップだったから、あんまりひどいお咎《とが》めはなくて」

「……懐かしい」

「覚えてますか。我々が喧嘩すると、いつも学級委員長のハスター君が、取り返しがつかなくなる前に先生を呼びに行っていた事を」

「……覚えてるけど、それがどうしたの」

「だから、あなたはまだ知らない。取り返しがつかなくなった私を」

ニャルラトホテプのその言葉だけで、昔を懐かしむクトゥグアの表情が一転した。今まで静かに漂っていただけの炎の精がクトゥグアを中心に周回運動を再開する。主《あるじ》の一声がかかるだけで一斉射が開始される臨戦態勢。

「お見せしましょう――私の宇宙CQC、エンハンサー」

心の中の引鉄《ひきがね》を、ニャルラトホテプは引いた。

少女タイプの身体を分解。より戦闘に適した身体に再構成。瑞々《みずみず》しい肌色だった柔肌《やわはだ》を漆黒《しっこく》の硬質に組み換えていく。

学校指定のブレザーはすべて取り払い、夜空よりも深い黒い装甲に変換させる。

その表面を赤黒いラインが走る。

男受けするように見目麗《うるわ》しく設定した可憐《かれん》な少女の顔は今は必要ない。

その代わりに、激しい戦闘でも大事な頭部を保護するように、フルフェイスタイプの装甲を。

全身も耐熱、耐弾、耐刃《たいじん》、耐衝撃仕様のボディアーマーに。

しかし機動性は十全に発揮できるように全体的には細身のシルエットを取る。

「……っ！」

クトゥグアが息を飲む音が聞こえる。

「さて、そろそろ幕を引きましょうか」

自身の身体再構成シークエンスをすべて完了させ、ニャルラトホテプは厳《おごそ》かに宣言した。

無貌《むぼう》の神と人は言う。その通り、ニャルラトホテプ星人に決まった形はない。不定形、不確実でいついかなる時も自分が思い描いたものに姿を変える事ができる。今回の任務に当たって銀髪碧眼《ぎんぱつへきがん》の外国人美少女という外面を選んだのも、思春期の護衛対象である真尋少年にウケがいいだろうと考えたからだ。

しかし目的遂行の為《ため》に障害があり、ニャルラトホテプ星人がその排除の必要性を認めた時、ニャルラトホテプ星人は本気を出す事になる。自分がもっとも強いと思える容貌に己の身体を再構成させるのだ。

それがニャルラトホテプ星人のフルフォースフォーム。

「……行って！」

クトゥグアの思惟《しい》に呼応して、炎の精が六基、一斉に跳ね回る。漆黒の戦士に変身したニャルラトホテプを囲むようにして、熱線を放出した。

「えい」

ぺし。

ニャルラトホテプはその熱線を片手で叩《たた》き落とした。

「……ちょっと待って。今、全方位から撃ったんだけど。どうして片手で全部落とせるの」

「全方位って言ってもたかだか六つですしねぇ」

「答えになってない……！」

「どうでもいいじゃありませんか。どうせすぐに使い物にならなくなるんだし」

軽く言って、ニャルラトホテプは周囲に漂《ただよ》っている炎の精の一つを無造作に摑《つか》んだ。そして別の炎の精に投げつける。それに当たった炎の精が跳ね返り、それがまた別の炎の精へ。まるでビリヤードのように、六基の炎の精すべてに命中していく。

たったそれだけ。ニャルラトホテプのただの一投だけで、あれだけ猛威を奮《ふる》っていた炎の精はすべて機能を停止して燃え尽きた。気が遠くなるほど地味な、作業感さえ漂う撃墜方法だ。

「……そんな」

「いつまでもせこい機動砲台に頼ってんじゃねーですよ。男なら拳《こぶし》一つで勝負せんかい！」

「……わたし、女の子」

クトゥグアが頬を膨らませつつ、名状しがたいバールのようなものを構えた。クトゥグア用にアレンジされているそれは、刀身から炎を噴出させている。表面にプロミネンスが巻き起こっているほどだ。

「いつまでもあなたに付き合ってる暇はないので、さっさと片しますよ」

「……それで、あの少年のところに行くの？」

「オフコース。このノーデンス時空と現実空間の時間の流れの違いが分からない以上、もたもたしているわけにはいきませんので」

「……駄目！　ニャル子はここにいるの！　わたしとずっといっしょにいるの！　この何もないところで二人、永遠にキャッキャウフフするの！」

今まで淡々とした口調だったクトゥグアが、ここに来て何かが切れたように激昂《げっこう》を始めた。涙すら混じるその言葉からは、いかにこのクトゥグアがニャルラトホテプを愛しているかが如《にょ》実《じつ》に伝わってくる。

病的なまでの独占欲。

好きな子の気を引く為に熱線を浴びせるほどの不器用さ。

方向こそ間違っているとはいえ、それらは混じりっけなしの純粋な好意だ。

「……そこまで私の事を好きになってくれたんですね。私、他人に好かれる経験ってあんまりないので、ちょっと嬉《うれ》しいです。小さい頃、もっと分かり合えていれば、今頃はいい仲になっていたのかもしれません」

「……ぐす……ニャル子……」

「――なんて言うわきゃねぇでしょがぁ！」

ニャルラトホテプは吐き捨て、一瞬にしてクトゥグアの懐に接近した。右手を素早くクトゥグアの首の後ろに回し、

「レバー」

左手で拳を作り、クトゥグアの右胸やや下辺りを強打する。

「……ごふ！」

クトゥグアがくの字に折れて血を吐いた。ぱしゃ、と足元に赤い液体が落ちる。名状しがたいバールのようなものがその灼熱《しゃくねつ》の指先からこぼれて、からん、と音を立てて地面を転がった。

「ガツ」

今度はそこからすぐ左の位置に拳をめり込ませる。

「トモバラ。サガリ。ハツ。ミスジ。ハネシタ。ランプ。コブクロ」

「がっ！　ぐっ！　うげっ！　ごえっ！」

少しずつ部位をずらし、しかし殴るのは全力で。炎の肉体を拳が抉《えぐ》るたびに、クトゥグアは小刻みに痙攣《けいれん》する。手を首の後ろに回してがっちりホールドしているので、衝撃が後ろに逃げていかない。

ぱしゃぱしゃ、と足元の赤い水たまりが大きくなっていく。

「そろそろ終わりにしますよ。私の宇宙ＣＱＣエンハンサー、とくと目に焼き付けてから――あの世に行きなさい」

クトゥグアのうなじを押さえつけていた腕を放し、ニャルラトホテプは弓を引くように利き腕を大きく振りかぶった。拳を限界まで引き絞り、全身に満ちるエネルギーをすべて、ただこの一撃だけに。

解き放つ。空気の壁を貫通して、拳はアッパー気味に弧を描くようにクトゥグアの顎《あご》に命中した。骨まで伝わる確かな手応《てごた》え。

そのまま体重を乗せて、撃ち抜く。

きりもみしながら宙を舞い、吐血をまき散らしながらクトゥグアが頭から落下した。ごき、と小気味のよい音が聞こえた。耳に心地《ここち》よかった。

クトゥグアの身体の燃え盛る炎が、次第にその勢いを弱めていく。触れるだけで常人などは灰にでもなりそうなほどの轟炎《ごうえん》が、蠟燭《ろうそく》の灯火ほどにも力を失っていた。

ひとしきり痙攣していたクトゥグアが、動かなくなる。

「クー子?」

ニャルラトホテプが声をかけるも、クトゥグアは無反応だ。

「おーい、クー子やーい?」

倒れているクトゥグアに歩み寄り、爪先《つまさき》で軽く後頭部をつついてやる。が、やはりうんともすんともニャル子愛してるとも言わない。

「……べネ《よし》」

生死はともかくクトゥグアが完全に沈黙した事を確認して、ニャルラトホテプは安堵《あんど》の胸を撫《な》で下ろした。まったくしつこいサイコパスだった。もっと小さい頃に早い段階から叩きのめしてやれば、とつくづく思う。

「……は、こんな事をしている場合では。真尋《まひろ》さんの元に急がねば」

自分の目的を思い出す。とはいえ、とニャルラトホテプは周囲を見回した。相変わらず人っ子一人はおろか物影一つない。あると言えば、先ほど山のように投げ散らかした名状しがたいバールのようなものの残骸《ざんがい》だけだ。

いかに戦闘形態に変身したニャルラトホテプ星人と言えど、できない事は依然《いぜん》としてできない。この入り口あって出口なしのノーデンス時空から抜け出す手段は、ニャルラトホテプは持ち合わせていない。

そう、今は。

別の人がその手段を、読んで字の如《ごと》く『持って』いるのだ。

あとは彼が気付きさえしてくれれば。

と、唐突にニャルラトホテプの全身が淡い光に包まれた。クトゥグアのような熾烈《しれつ》な炎ではなく、静かに優しく光る螢火《ほたるび》のような輝き。

あちらとこちらが繋《つな》がった証拠だ。

「グッドタイミング」

にんまりと笑み、ニャルラトホテプは指を鳴らした。故意か偶然か。どちらにしろ、先方はあれを開けてくれたようだ。

もうこんな殺風景な場所にいる必要はない。

頭の中で愛する殿方を強くイメージして、

「真尋さん、今会いに行きます！」

ニャルラトホテプはその場所へ跳んだ。

＊＊＊

「ちょ、え、冗談だろ？」

つい数秒前までニャルラトホテプとクトゥグアが絡《から》み合っていたはずの空間を、真尋は手でかき混ぜる。が、当然の事ながらそこには空気以外の何の抵抗もない。

あの両者は完全に消えてしまった。

真尋は全身から嫌な汗が吹き出してくるのを感じた。視線だけで周囲を窺《うかが》う。相変わらず異形のものどもで満員御礼《おんれい》の観客席。ひどく耳触りで、とても人語とは思えない気持ち悪い響きの歓声。どこに目があるかすら分からない個体もあるが、連中が見ているのは確実に自分だ。

そして目の前に立ちはだかる貝殻の戦車に乗った冷厳なる老人。

今回の事件の黒幕、ノーデンス。

「さて、邪魔者もいなくなった事であるし。本日のメインイベントを執り行おう」

それは聞くまでもなく、真尋の競売だ。

ノーデンスの戦車がゆっくりと前進する。まるで真尋が怯《おび》えるのを楽しむような微速で。対して、すでに真尋には守ってくれるはずのニャルラトホテプはいない。自分の身は自分で守れという事なのか。しかし真尋は着の身着のままで武器などあろうはずもないし、元よりそんな力もない。護衛されていなければナイトゴーントにすら勝てないのだ。

どうする。どうしよう。どうすれば。

「……ん？」

不意に、足元に違和感を覚えた。右足だ。まるで何かで圧迫されているような、軽い窮屈《きゅうくつ》さ。見ると、真尋の右の脛《すね》の辺りに白い糸のようなものが巻きついていた。その糸だか紐《ひも》だか分からないものが伸びている先を目で辿《たど》っていく。

ノーデンスの髭《ひげ》だった。

「う、わっ！」

足元をすくい上げられるように、上に強く引っ張られる。片足では踏ん張りも効かず、真尋は宙吊《づ》りにされた。髭が伸びたのも気持ち悪かったが、そんな毛の束で高校生とはいえ人一人を持ち上げるとは、想像しがたい力だ。

逆さになって鞄《かばん》が落下しそうになるのを慌《あわ》てて押さえる。

「まずは商品を会場の皆様によく吟味《ぎんみ》していただかねばな」

真尋を吊り上げている髭がゆっくりと真尋の身体を回していく。まさしく品評会といった様相を呈してきた。

何か方法は。

この絶対窮地を脱する為の策は。


——お守りのようなものです。

——保健……もとい保険です。


「あ」

脳裏に閃《ひらめ》くニャルラトホテプの声。

あれを渡された時、彼女は確かにそう言っていた。

護衛なし、戦力なし、余裕なし。この状況ですがれるものは、もはやそれしかない。真尋は逆さという不安定極まりない体勢ながらも、鞄を必死に漁《あさ》った。教科書、ノート、筆記用具。それらがこぼれ落ちる中、目的のものを摑む。

「何かね、何をしようというのかね」

ノーデンスの言葉を尻目《しりめ》に真尋は鞄を投げ捨て、両手でそれを握り締めた。

歪《いびつ》な形をした黒い小箱。

「これで本当に婚約指輪とか、『ハズレ』とかだったら本気で蹴《け》り殺すからなぁっ！」

心の底から叫び、真尋は一縷《いちる》の望みを賭《か》けて箱を開けた。

そこから闇《やみ》が生まれた。

箱の中から、黒い光というあり得ないものが放出される。明るくないはずなのに、目が焼けるほどの光量を感じる。矛盾した現象に真尋は反射的に箱から手を放した。

地面に落ちても、箱は依然として闇を吐き出し続けている。次第に黒い光が周囲を暗く塗り潰《つぶ》していく。スタジアムの風景も、観客席の喧騒《けんそう》も、ノーデンスの貝殻の戦車も、何もかもを一切合切。

夜の帳《とばり》が降りたように何も見えない。それどころか何も聞こえない。自分の五感が本当に機能しているか怪しくなってくる。

そんな一面の黒い世界の中で、気がつくと何かがぼんやりと薄明かりを放っていた。一つではない。三つだ。細長いひし形のような明かり。一つは縦に、もう二つはそこからやや傾いて斜め横に。揺らめいている様子は鬼火を思わせる。

その三つの明かりが、細められた。

見られている。

ふと、訳もなく真尋はそんな事を考えた。が、確かにあれは目に見えなくもない。まるで闇の向こう側から真《ま》っ赤《か》な三つの瞳《ひとみ》でこちらを眺めているようだ。

萎縮して、真尋が呻《うめ》き声を漏らそうとした瞬間。

ガシャン、と音を立てて闇が壊れた。分厚い黒いガラスを叩《たた》き割ったかのように、視界を埋め尽くしていた黒色が粉々《こなごな》に砕《くだ》け散っていく。

世界が色と音を取り戻す。

ドームの風景。

観客席の吐き気を催《もよお》すような異星人。

そしてノーデンス。

すべてがすべて、真尋が箱を開ける前の状態と変わらなかった。

――いや、違う。

地面に落ちた箱の側《そば》に、誰《だれ》かが立っていた。

「……うえ？」

真尋は思わず声を上げて、目をしばたたいた。ここに存在するにはあまりに不釣り合いに思えたからだ。

シルエットは人型。それもナイトゴーントのような巨体ではなく、どちらかと言えば細身だ。

しかし、異様なのはその細部。一見して、それは特撮の変身ヒーローのように見えた。黒いスーツを下地に、肩や胸、脛などを装甲で包んでいる。ご丁寧にベルトまで装備だ。

そして頭部。これまた変身ヒーローらしくフルフェイスタイプのヘルメットだが、目に当たるであろう部分に見覚えがあった。頭の中心に縦に一筋、その左右を角度をつけて横に二筋、燃えるように赤く走っている。これはつい今しがた、周囲を覆った深闇の中で目の当たりにした三つの鬼火だ。

箱から出てきたのは、こいつなのだ。

そんな変身ヒーローが顔を上げて真尋を見た。

「真尋さん、ご無事でしたか。貞操《ていそう》的な意味で」

その声音は真尋がとてもよく知っているものだった。つい二日ほど前に彗星《すいせい》のごとく出現して、血圧を上げる事に貢献してくれた少女の声音。

「お前、ニャル子か？」

「はい、いつもニコニコあなたの隣に這《は》い寄る混沌《こんとん》、ニャルラトホテプです」

そのキャッチフレーズを聞くのも久しぶりに感じられた。ニャルラトホテプがクトゥグアと消えてから戻ってくるまでが異様に早かったが、もうそんな些細《ささい》な事は気にしていられない。

これが助かる最後のチャンスだと真尋は感じた。

「なら早く助けてくれ！　もうやだこいつ！」

「お任せを」

「……ニャルラトホテプであるのか」

ノーデンスの言葉には驚愕《きょうがく》の色が混じっていた。

「だからそうだっつってんじゃないですか。空気読みなさいよ」

「貴様……クトゥグアはどうした」

「はっ、あんな赤信号女で私を足止めできると思ってたんですか。ひねり潰してやりましたよ、アバンタイトルでやられる前回から引いた怪人のようにね！」

やれやれ、と肩をすくめる腹立たしい仕草や、言っている事の意味不明さ加減は、まさしくニャルラトホテプそのものだ。

「く……ならば今一度、我が時空に誘ってくれようぞ！」

ノーデンスが片手を突き出して、ニャルラトホテプに向ける。その開いた手の平から、紫電が迸《ほとばし》った。バチバチと弾《はじ》けながら、それは次第に大きく勢いを増し、黒球を形成する。先ほどとまったく同じシークエンス。

触れるものをどこかへ飛ばしてしまうらしい黒球がニャルラトホテプ目がけて放たれた。

しかしニャルラトホテプはまったく動じていない。腕を頭の後ろで組んだまま、爪先で地面を鳴らしてリズムを取ってすらいる。

「おい馬鹿《ばか》、避《よ》けろよニャル子！」

真尋が逆さ吊りになりつつも、必死に声を張り上げる。しかしその叫びも虚《むな》しく、ニャルラトホテプの男の子受けしそうなボディが黒い雷球に包まれてしまった。

これではまた同じ事の繰り返しだ。這い寄る混沌はどことも知らない場所に飛ばされて、自分は再度競売にかけられる。絶望感に苛《さいな》まれる真尋。

が。

黒球が、何の前触れもなく破裂した。その中から、何も変わらないニャルラトホテプの特撮ヒーローのような姿が現れる。

「な……！」

ノーデンスの驚愕に満ちた声が真尋の耳朶《じだ》を打つ。

「……ニャル子、大丈夫なのか？」

「ニャルラトホテプ星人に同じ技は二度通用しません」

ものすごい卑怯《ひきょう》な補正がかかっていた。今この場で考えたのではないかと疑いたくなるくらいいかがわしい設定だ。

武装した這い寄る混沌が、こちらへ一歩足を踏み出す。

「ち、近寄るな！　こちらにはこの少年がいるのだぞ！」

ぐい、と真尋の身体《からだ》がさらに高く持ち上げられる。そろそろ頭に血が上ってくらくらしてきた。早く助けてくれ、と真尋がニャルラトホテプを見る。

が、いない。つい一瞬前まで黒いヒーローが立っていたはずのそこには、何もなかった。

「ぶげぅっ！」

背後でヒキガエルを潰すような音がした。背後という事はつまり、そこにはノーデンスしかいない。吊るされながら首を後ろに向けると、そこには今まさにノーデンスの厳《いか》めしい顔に拳《こぶし》をめり込ませているニャルラトホテプの姿があった。

瞬《まばた》き一つの間に真尋の後ろまで移動し、ジャンプし、ノーデンスにワンパン入れる。肉眼で確認できないほどの体捌《たいさば》き。恐らくノーデンスも反応できなかった事だろう。改めて人外の存在を実感した真尋だった。

ノーデンスの身体と、貝殻の戦車がぐらりと傾く。真尋の足首を縛っていた髭が急に緩《ゆる》まった。支えられるものを失って、身体が重力に従って落下する。頭から真っ逆さまだ。

「うわっわわっ！」

反射的に瞳を閉じて頭を押さえる。

が、予想していた衝撃はやってこなかった。

「真尋さん、お待たせしました」

優しい声が鼓膜《こまく》を震わせる。まぶたを開くと、そこには変身ヒーローの精悍《せいかん》なマスクがあった。戦隊物ではなく、飛び蹴りが得意なバイク乗りタイプのフォルムだ。

ニャルラトホテプに抱き抱えられているのだと真尋は知った。しかも俗に言うお姫様だっこだ。間違っても男が女にされる事ではない。

「お前、瞬間移動でもできるのか」

「お昼に言いましたでしょ、生体時間を加速《クロックアップ》したニャルラトホテプ星人は常識を遥《はる》かに超えるスピードで活動する事ができるって」

「え、あれって伏線だったのか」

その場限りの追加設定だと思っていたら、忘れた頃《ころ》に活用されてびっくりだ。

ニャルラトホテプの腕が真尋を地面に降ろす。地に足が着いている安心感に、真尋は不覚にも泣きそうになった。

と、ニャルラトホテプが観客席の方を向いた。それが合図であったのか、今まで事の成り行きを見ていたらしい人外生物達が、突如として弾かれたように避難を始めた。その光景はまさに蜘蛛《くも》の子を散らすという形容が相応《ふさわ》しい。ノーデンスがニャルラトホテプをどこかに飛ばしたところまでは余裕だったのだろうが、その後に這い寄る混沌がこの場所に復帰してノーデンスを殴り倒したのであれば、我先に逃げようとするのは当然だろう。例えるなら、マンション麻雀《マージャン》をしていて警察に踏み込まれて主催者がふん縛られた状況。

「いいのか、あいつら」

「まあ、厳密にはオークション開催前ですし、連中をしょっ引く法的根拠は薄いんですよ。逮捕状が発行されたのは主催者側にだけですしね」

「アバウトなんだな、惑星保護機構」

「組織が巨大化してしまうと、どうしてもね」

そんな世間話ができるほどに、真尋も落ち着きを取り戻せていた。そうなると、冷静に状況を振り返る余裕も生まれる。差し当たって、ニャルラトホテプの姿をまじまじと見てみた。

「それ、何のコスプレだ」

「失礼な、これは私のフルフォースフォームですよ」

「フルフォース？」

「例えるなら劇場版先行公開のフォームです。地上波では夏休み明けで第三勢力が出始めた辺りに強化されます」

さっぱり意味が分からなかった。が、とりあえず名前のイメージから全力を出す為《ため》の姿だという事だけは理解できる。特撮ヒーローそのままの外見だったが。

「それ、強いのか」

「もちろんです。私の宇宙ＣＱＣは宇宙ＣＱＣエンハンサーへとパゥワーアップし、それに伴い身体構造もより戦闘に適したものに切り替わります。耐衝撃、耐刃、耐弾はおろか超高熱や超低温、真空状態にも耐えられるアーマーなんですよ！」

「どれ」

ぐさ。

フォークを超突き立ててみる。

「ひぎぃっ！　な、何をしますか真尋さん！」

「思いっきり通じてるじゃねーか」

「ひどいプレイだ……」

「貴様らぁぁっ！」

会話に割り込むように、ダウン復帰したらしいノーデンスが怒声を発した。

「ていっ」

が、その一秒後にはニャルラトホテプの踵落《かかとお》としがノーデンスの脳天に突き刺さり、そのまま乗り物の戦車ごと地面に押し倒していた。敵とはいえ、不憫《ふびん》な事この上ない。

「さて、ノーデンス。未開惑星原住民略取の容疑であなたを拘束します。あなたには黙秘権と弁護士を呼ぶ権利が与えられています」

「ぐ……ぐぐ……」

「――ですがそれらの権利を踏みにじる権限も私は与えられています」

「それ、黙秘権も弁護士を呼ぶ権利も与えないって事じゃねーか」

思わず真尋は突っ込んでしまう。ニャルラトホテプが所属しているだけあって、惑星保護機構という組織は本当は恐ろしい集団なのかもしれない。

「しかしいくらあなたが犯罪者とはいえ、罪を憎んで旧神を憎まず。心優しい私はあなたに選択肢を二つ与えましょう」

ノーデンスの皺《しわ》だらけの顔をブーツでぐりぐりと踏みつけながら、自称心優しい這い寄る混沌はVサインでもするように指を二本立てた。

「一つ。私に殴り殺される。二つ。私に蹴り殺される」

生存権を剝奪《はくだつ》する気満々だった。

「僕にはお前の方がよっぽど悪の組織の大幹部とかが似合いそうな気がするぞ」

「そこ、うるさい。さあノーデンス、どちらか好きな方を選びなさい。ん、選べませんか？　じゃあどっちもじゃあっ！」

「ちょ、待てってニャル子」

高笑いしてノーデンスを殴りつけようとするニャルラトホテプを制止する。

「なぜ止めますか真尋さん。これから楽しい楽しいショウタイムが」

「聞きたい事があるんだ、こいつに」

周囲にオークションの客がいなくなり、黒幕のノーデンスもこの様だ。ニャルラトホテプの圧倒的な戦力によって当面の危機は去った。そうであれば、今までを省《かえり》みる余裕も生まれる。

「聞きたい事とは何です？」

「いやさ、そもそも僕をオークションにかけるって事は、僕に需要があるからだろ？」

「まあ、そうでしょうね」

「そこが分からない。何でだ？　よりによって僕が」

「ふむ。その理由は、我々の組織でもいまいち不透明だったんですよね」

「自分で言うのもあれだけど、僕にそんな目立った特徴なんて何もないぞ」

「いえ、真尋さんは充分魅力的ですが。じゅるり」

なぜかよだれを拭《ぬぐ》う仕草をするニャルラトホテプを無視して、ノーデンスに視線を注ぐ。

「そ、それは、だな」

「おら、出し惜《お》しみしないでキリキリ吐きなさい。素直に洗いざらいゲロしてしまえば、私もほんのちょっぴり仏心が芽生えるかもしれませんよ」

ノーデンスの鼻柱を踏みつけて急《せ》かすその姿は、誰がどう見ても悪役にしか思えない。ダークヒーローなどという美辞麗句《びじれいく》の斜め上を行っている気がする。本当にこんな奴《やつ》に助けられていいのか、真尋は今さらながら不安を感じずにはいられない。

「わ、分かった、言う。実はまだ水面下での事だが、U2Tで次期ドラマの企画が持ち上がってな。しかも近年稀《まれ》に見る莫大《ばくだい》な予算を元にだ」

「U2Tって何だ?」

「ウボ・サスラ・ユニバーサル・テレビジョン。ほぼ宇宙全域をカバーする、放送業界では最大手のテレビ局です。ここのドラマは常に新たな流行を生み出すほどの大人気なんですよ」

やはり地球でも宇宙でもやっている事は同じのようだった。

「それで、次期ドラマはコミック原作つきでやる事になったのだ。タイトルを『D線上のアナスタシア』という」

「え、マジですか？　あれ、お茶の間で放送していいんですか」

「何だ、いったいそりゃ」

「何だってあーた、地球製の少女コミックですよ。こっちにも売ってるはずですよ。平たく言うと、青年実業家の男に借金の形に買われた美少年の倒錯的愛憎劇です」

「ホモか」

「もっと高尚《こうしょう》にボーイズ・ラブと言ってください！」

なぜニャルラトホテプがそこまでムキになるのかさっぱり分からない。

「で、それがどうした」

「う、む。その次期ドラマで本当の地球人を使おうかという話が上がってな」

「え、それっていいのか？」

這い寄る混沌に聞いてみる。

「いえ、未開惑星だし駄目ですよ。ですからこういう地球製の何かを映像化する時には、我々ニャルラトホテプ星人の役者が不可欠なんです」

確かにニャルラトホテプ星人なら自由に姿形を変えられるから、違和感なく地球人を演じられそうだ。考えてみればものすごく便利な能力だった。

「で、そのドラマと僕がどう繋《つな》が……る……」

言い出してから、怖い想像に行き当たった。

ノーデンスの組織は真尋を狙《ねら》っている。

ノーデンスの口から語られたのは、ドラマの企画。

そのドラマでは、地球人を使いたいらしい。

さあ、導き出される答えは。

「その美少年役を慎重に検討を重ねた結果、そなたが相応しいという意見で一致したのだ、八《や》坂《さか》真尋」

「ちょい待てコラ！　ニャルラトホテプ星人に化けさせりゃいいだろ！　現地人使うなよ！」

「プロデューサーは地球人の生の演技が欲しいとの事だ。無論、公《おおやけ》には地球人だという事は明かさない方向でな」

「な……！」

無茶苦茶な理屈だった。やはり宇宙人どもは未開惑星の保護を謳《うた》っておきながら、裏ではこういう非合法な手段を平気で使っているのか。ふつふつと怒りがこみ上げてくる。

「でもそうすっと、先ほどのオークションは？　真尋さんが目当てなら直接U２Tに引き渡せばいいのでは？」

「役者である以上は事務所に所属せねばならん。あれらは事務所の関係者だ」

「ど、どういう事だよ」

餅《もち》は餅屋、宇宙の出来事は宇宙人とばかりにニャルラトホテプに尋ねる。

「あー。天下のU2Tドラマに主演した役者の事務所ってんなら、箔《はく》がつきますからね。実際、U2Tのドラマの主演を出した事務所には、新人の応募数も多いらしいんですよ。別の事務所から移籍するケースもね。そんな記事がいつだかの週刊旧支配者に掲載されてました」

つまり、そんな大手のドラマに必要とされている人材ならば、役者を所属させる事務所にとっては喉《のど》から手が出るほど欲しいという事か。ことに件《くだん》のドラマは近年稀に見るほどの予算が投じられているらしいから、公になれば話題性も抜群だろう。

「つ、つまり、さっきの観客は全部、役者事務所のスカウトマンみたいなものか？」

「そういう事になりましょうね」

「いいのか、そんな非合法な手段に手を染めて」

「リスクとリターンを秤《はかり》にかけて、旨味《うまみ》の方が多いと判断した事務所がそれだけいたって事でしょうね。いざ地球人だとバレた時は、所属事務所のせいにできますからU2Tも一石二鳥でしょうし」

システム的に色々と突っ込みどころが満載な気がするが、宇宙ではこれが標準で地球が特殊なのだろうか。

「我々の組織はいち早くその情報をキャッチし、先行してそなたを捕らえて高い値をつけてくれる事務所に売り抜けようとしたわけである」

つまりはそんなしょうもない理由が、今回真尋が巻き込まれた大騒動の顛末《てんまつ》だったらしい。ルルイエ浮上で大量の一般市民が静止した地球に来ているらしいから、紛《まぎ》れて密輸するのも比較的容易であろうし。

「そ、んな下らない理由で、僕は散々……」

「ちなみに少年、そなたの役は当然ながら受けの美少年だ」

「………」

「ドラマ独自の展開として、首輪をつけて全裸で公園を引き回されるプレイも撮るらしいぞ」

「……ニャル子」

「はい」

「――ブチ殺せ」

「待ってました！　おら死ねやぁぁっ！」

「ぎゃーひとごろしー！」

這《は》い寄る混沌《こんとん》に指示して、真尋は後ろを振り向く。それから一秒も経《た》たずに、何かが砕ける音が断続的に響き渡った。今までならいたたまれなくて耳を塞《ふさ》いでいた真尋だが、今回ばかりは心地《ここち》よいメロディだと感じた。

「ちょっと真尋さん、見て見て！　ぶん殴る度にビクンビクン痙攣《けいれん》してますよ！　こいつ、おもしれー！　あっははははははははははははははははははははははははは

ははははははははははははははははははははははははははははは！」

ニャルラトホテプの邪悪な哄笑《こうしょう》も今この時ばかりはとても頼もしい。効果音が物を砕《くだ》く音から液体をまき散らす音に変化しても、その気持ちに移ろいはなかった。

「あ、もう動かなくなった。もっと痛めつけてやれば目を覚ましますかね？　実験実験、やってみるもんですね！　ンフハハハハハ！」

ふと今、未成年が煙草《たばこ》を吸いたくなる心境というのはこういうものかもしれないと思った。しょうもない現実を一時的にしろ忘れたい、そんな精神状態。

そうやってしばらくドームの天井を見やって鉄骨の本数を数えていたが、やがて背後の残虐ファイトが静かになった。

「ふう、楽しかった。これは癖《くせ》になりますね」

「ん、終わったか」

後ろを振り返る。

そこには黒いボディを真《ま》っ赤《か》な返り血で染めたニャルラトホテプと、その足元に転がっている目にも鮮《あざ》やかな血色をした不定形の肉塊。それと粉々《こなごな》に叩《たた》き割られて周囲に撒《ま》き散らされた貝殻の戦車の残骸《ざんがい》があった。

それらを一瞥《いちべつ》して、

「ニャル子」

「はい」

「グッジョブ」

「恐悦至極《きょうえつしごく》」

こうして。

真尋を狙う悪の組織、その黒幕の虐殺は終了したのだった。

＊＊＊

闇《やみ》。

闇が蠢《うごめ》いている。

星の光も届かない宇宙の深遠を思わせる闇の中で、それよりもさらに深い闇が、うねるようにのた打ち回っている。

「奴がやられたようだな」

闇が声を発した。それはひょっとして声ですらない、意味を持たない単なる音の塊だったのかもしれない。

「仕方あるまいよ」

闇の中で、それに答える響きがあった。

「であるな。奴は我々の中でも一番の小物」

「然《しか》り。奴は幹部になれたのが不思議なくらい弱き者であったからな」

答えは一つではなかった。

次々と闇が音を発していく。

「しかし、どうする。このままというわけにも参るまい」

「左様。我らが組織、惑星保護機構程度に舐《な》められたままでいられるものか」

「では、当初の予定通り」

「うむ、計画を第二段階へと進めよう」

「次なる階梯《かいてい》へと」

「すべては我らが窮極の混沌の中心に座す、偉大にして無知、な、る……？」

そこで闇の一つが、ふと気が付いた。

声が途切れた。自分では声を出しているという感覚があるのに、その音が聞こえてこない。

腑《ふ》に落ちないものを感じ、声量を上げて再度言葉を紡《つむ》いでみるも、やはり耳には届かない。

その様子に、別の闇達も気付いた。やはり同様に、自分の声が自分にすら認識できないのだ。

それに、おかしい。

一面の常闇だった周囲が、次第に明るみを帯びてきた。漆黒の衣《ころも》を剝《は》がされたかのように、自分達の姿が影となって浮かび上がってくる。

光に照らされている？

闇達——すでに闇ではないのかもしれないが——が、不思議に思い天を仰《あお》いだ。

それらは見た。

視界一杯に降り注ぐ、圧倒的な光の洪水を。

何が起きているのか分からない。いや、何が起きているのかと考える暇《ひま》すらもなかった。

最期《さいご》に感じたのは強烈な浮遊感。

膨大な光の波濤《はとう》に飲み込まれて、それらの意識はすでに存在のなくなった肉体から離れて、虚空《こくう》に拡散していった。

＊＊＊

「何だお前、いきなり大技ぶっ放して」

「いえ、何だか小うるさいネズミがいたような気がして」

真尋は地面に視線をやった。

そこには直径四、五メートルほどの大穴が開いている。落ちないように身を乗り出して覗《のぞ》き込んでみると、真っ暗で底など見えなかった。地の底まで続いているのではないかと思わせる。

ニャルラトホテプが突然両の拳《こぶし》を組んで足元に突き出して、そこから野太い光線を発した結果、開いた大穴だった。相変わらずやる事為《な》す事すべてが意味不明だ。

「それにしてもお前、ビームも撃てるのな」

「ふっふっふ、これが私の宇宙ＣＱＣエンハンサーの一つ、『まったく原始的でかつ恐ろしいまでに祖先伝来のものである超中型ビームパイルバンカー』です」

「大きいんだか小さいんだかはっきりしろよ」

結

ルルイエが遠ざかっていく。

真尋《まひろ》は今度はハイドラちゃんの背に乗りながら、だんだん小さくなっていくテーマパークを眺めていた。

あの後、ノーデンスを始末して人心地がついてから、ニャルラトホテプにルルイエ中を引き回され、SAN値が下がりそうなアトラクションばかり乗せられた。そうして閉園時間ぎりぎり、螢《ほたる》の光が厳《おごそ》かに流れるまで付き合わされて、今回のルルイエランドの営業は終了と相成ったのだった。

周囲を見回すと、ルルイエへ向かう時と同様に、海面を覆い尽くすようにダゴン君やらハイドラちゃんがひしめき合っている。その背には異形《いぎょう》の者ども。みんなお帰りのようだ。

「いやー、終わってみると楽しかったですね。お土産《みやげ》もいっぱい買っちゃいましたし」

隣を見ると、ニャルラトホテプが紙バッグを両手に下げていた。変身ヒーロー然としていない、銀細工のような長髪と碧眼《へきがん》で学校指定のブレザーとスカートという見慣れた出で立《いた》ちだ。

もっともニャルラトホテプ星人なので、この外国人美少女の外見も意図的なものであろうが。

そんな這い寄る混沌に呆《あき》れながら、真尋は再度ルルイエを見た。深層部で起きた出来事に気付いた様子など微塵《みじん》もなく、死せる都はこの先も変わらずに、訪れる人々に夢を見せ続けていくのだろう。次に星辰《せいしん》が正しい位置に来るのがいつかは分からないが、恐らく永遠に。

この太陽系のある銀河を丸ごと停止させてまで浮上した狂気の都が、遠ざかっていく。

＊＊＊

「結局さ、どうなったんだ」

遊覧を楽しむ事もなく、至って平穏無事に真尋は見慣れた街に降り立った。生まれてからこれまでずっと付き合ってきた我が街の光景。こうしてこの地に足をつけている事に涙すら浮かんできそうだった。短時間で立て続けに宇宙規模の騒乱に巻き込まれた後では、それは決して大げさではない。

「うーん。とりあえずは、闇オークションも壊滅できたし、真尋さんをお守りするという任務も達成できました。ですが」

「ですが？」

「件の組織、ノーデンスしか出てこなかったのが気になるんですよね。奴が今回の事件の黒幕には違いないでしょうが、組織そのものの盟主ではないはず——」

その時、ニャルラトホテプの声を遮《さえぎ》るようにメロディが鳴り響いた。どこかで聞いた曲だと思って記憶を掘り返してみると、今現在やっているアニメの主題歌だ。対象年齢が小さな子供のくせに、ゴールデンタイムで毎週人が死んでいる探偵物のアニメだった。

しかしなぜそんなメロディが、と真尋が思った瞬間、ニャルラトホテプは上着の内ポケットから携帯電話を取り出した。

「もしもし。私、ニャルラトホテプ１９８１１００３。犯人はとし……ああ、課長ですか」

這い寄る混沌が携帯電話を使う姿など初めて見たが、内容から察するに上司からの電話らしい。という事は、問題の惑星保護機構なのであろうが、未開惑星に電波を発信するのはいいのだろうか。

「はい、取りあえずは取引をぶっ潰《つぶ》しましたが、奴らそのものを潰したわけでは……はい？　え、マジで？　嘘《うそ》でしょ？」

ニャルラトホテプの声のトーンが変わった。表情も、予想外の事態に出くわしたような驚《きょう》愕《がく》の色があった。この期に及んで何かが起きたのだろうか。

「え、じゃあ私、これでお役御免ですか？　ちょ、そうは言うがな大佐……あ、ちょっと切らないで！　あー！」

ニャルラトホテプが一際大きく叫んだかと思うと、その両肩ががっくりと下がった。

「な、何だ。どうしたいったい」

「……例の組織が壊滅したんですって」

「は？　例の組織って、さっきのノーデンスの？」

「ええ」

「じゃあやっぱりあのノーデンスがボスだったって事じゃ」

「いえ、違うんです。組織に潜入している同僚の情報だと、トップは大幹部と言われて複数いる事は分かってるんです。ノーデンスがその中に入っているかどうかは知りませんが、とにかく大幹部はまだいるはずで」

「でも、じゃあ何でその組織が壊滅したんだ」

大幹部が複数いるのなら、仮にノーデンス一人がいなくなっても組織の運営は充分可能なはずだ。ノーデンスが組織のナンバーワンでワンマンの組織であれば話は別だが。

「同僚が言うには、そいつら大幹部の生体反応は組織で常にモニタリングされているそうです。安全管理の為《ため》に」

「ふーん」

「その生体反応が、一斉《いっせい》に消失したそうです」

「……え？」

「つまりは死んだという事になります。全員ね」

「え、え？」

「突然そうなったもんだから、噂《うわさ》に立派な尾ヒレと背ビレと触手がついて組織が混乱し、末端から瓦解《がかい》していったそうです」

「……敵組織、壊滅？」

「そういう事になりましょう」

整理してみよう。

自分は組織に商品として狙《ねら》われていた。

その組織が空中分解した。

自分、安泰《あんたい》。

見事な三段論法だった。

「は、はは……よかったぁ」

力なく道路に座り込む真尋。無事と分かった安心感からか、脱力してしまったのだ。これでまた平和な毎日に戻る事ができる。化け物に追いかけ回されたり、正気度を減退させられる事もないのだ。

では、そうするとニャルラトホテプは？

膝《ひざ》に力を入れて立ち上がりつつ彼女を見てみると、どうにも浮かない表情をしていた。

「……これで私の地球での任務はすべて終わってしまいました」

「やっぱりそうなのか」

「ええ。真尋さんを襲う脅威も取り除かれたわけですし、これ以上別星系の存在が地球にいてはまずいでしょうしね」

そう語るニャルラトホテプは、ますます気落ちしたように声のトーンを下げている。仕事を終えて万々歳《ばんばんざい》のはずなのに。

それはきっと、これで地球とさよならだからだ。

「……そっか」

三日間、自分を守ってくれた少女が役目を終え帰還する。そんな時に、自分は何をすべきか。

真尋は這《は》い寄る混沌《こんとん》に正面から向き直った。

「真尋さん？」

「ニャル子。その……ありがとう」

「……え？」

「色々とイライラさせられる事ばかりあったけど。その、多分、お前がいなけりゃ僕はあの夜でもう人権剝奪《はくだつ》されてたと思う」

「え、あ……」

「下心満載でも、守ってくれたのは事実だしな。短い間だったけど、本当にありがとう。お前の事、きっと忘れられないと思うよ」

それは嘘偽《いつわ》りのない素直な気持ちだった。

「…………」

「ニャル子？」

「……デ」

「で？」

「デレた！　真尋さんがデレた！」

「……っ！　社交辞令だ！　調子に乗んな宇宙人！」

やはり言うんじゃなかったと、すぐに後悔した。紅潮していく頰《ほお》を見られるのが恥ずかしいので、勢いよく後ろを振り向く。

「……私もね。護衛対象が真尋さんでよかったと思いますよ。初めて、仕事じゃなくて自分がしたい事ができたと思います。本当に、楽しかった」

アバンチュールに発展しなかったのが残念でなりませんけどね、とニャルラトホテプは付け加えた。表情は見えないが、その声音からは一抹《いちまつ》の寂しさのようなものも読み取れた。

「ニャル子……」

「ストップ。そのまま。こっちを向く必要はありません。もうすぐルルイエはまた深海の底に沈み、静止していたこの銀河系も活動を再開します。そこで私と真尋さんの物語は終わり。私には私の、真尋さんには真尋さんの生活がありますので」

「……そっか」

「では真尋さん、壮健《そうけん》で。さようなら」

「……うん。お前も、元気で」

挨拶《あいさつ》を交《か》わす。

またどこかでギシ、という音がした。ルルイエが浮上した時と同じ音。ただ違うのは、あの時は歯車が停止したのが、今回は動き始めたという事だろう。

真尋は後ろを振り向いた。

何もない。

ニャルラトホテプの存在など最初からなかったかのように、その先には町内の風景が映し出されている。

今まで消えていた音が甦《よみがえ》る。風の音。遠くで聞こえる車の行き交う音。もっと耳を澄ませば人々の話し声すら聞こえそうな気がした。

ルルイエは海底深く沈み、何事もなかったかのようにこの銀河は活動を再開した。

「そっか。そうだな」

ニャルラトホテプにはニャルラトホテプの、真尋には真尋の生活がある。その通りだ。考えてみれば、今日は水曜日なのだ。まだまだ一週間は長い。学校だってあるし、両親がいない家を守らなければならない。これが真尋の生活だ。

「……さよなら、ニャル子」

もう一度だけ呟《つぶや》いて。

真尋は家へと向かう足を早めた。

＊＊＊

自宅の扉の前で、鞄《かばん》の中から鍵《かぎ》を取り出す。

時間が止まっていたせいで忘れかけていたが、時刻としてはまだ夕方なのだ。あれだけのアドベンチャーをくぐり抜けても、実際の時間は刹那《せつな》にも満たない。何だかおかしくて、真尋は含み笑いをしながら扉を開けた。

「お帰りなさいまし、真尋さん」

玄関でニャルラトホテプが出迎える。

「ん、ただいま」

「私にしますか？　それとも先に私にします？　それとも、わ・た・し？」

「全部お前じゃねーか」

呆れながら、靴を脱いで二階に上がった。

自室で着替えを済ませて居間に降りると、ニャルラトホテプが新聞の日曜版に掲載されている3D立体視のイラストを寄り目で睨《にら》んでいた。相変わらず暇《ひま》を持て余しているようだ。

「時に真尋さん、今晩はカレーが食べたいです。もちろん甘口ね」

「小学生かお前は」

嘆息して、それでも真尋はその材料を探す為に台所へ足を向ける。料理を作るのは面倒だとは思うけれど、それが誰《だれ》かに食べてもらう為だと思えば、嫌いではない。

冷蔵庫を開ける。ニンジン、あり。玉ねぎ、あり。じゃがいもだって豚バラ肉だってある。両親はいつも家を開ける時には、食材だけは充実させてから出ていく。高校生の息子を一人にして頻繁《ひんぱん》に旅立つ二人の、最後の良心なのかもしれなかった。

しかし問題はカレー粉。八坂《やさか》家は中辛しか食べないので、甘口は備蓄がない。どうしよう。牛乳でも入れれば多少なりとも辛みがマイルドになるだろうか。

そう思って牛乳パックに手を伸ばして、

「――何でお前がここにいるんだぁっ⁉」

「うごぉっ！」

真尋が投げたマーマレードの瓶《びん》がニャルラトホテプの眉間《みけん》に命中した。

「お前、さっき帰ったよな！　僕の目の前から綺麗《きれい》さっぱりいなくなったよな！」

這い寄る混沌に詰め寄って、その肩をがくがくと揺さぶる。

「え、じゃあ今のは本当に気付いてなかったんですか。真尋さん、芸人の才能がありますよ」

「うるさい黙れ。お前、地球での任務終わったんだろ。僕を狙う組織だって壊滅だ。お前がここにいる理由はないよな」

「まあ、一旦《いったん》は惑星保護機構に戻りはしたんですけど」

「じゃあ何でここにいる」

真尋がドスを利かせて凄《すご》むと、ニャルラトホテプは真尋の手を振りほどき、襟元《えりもと》を正した。

「実は私、年次有給休暇が結構溜《た》まってましてね。繰越期限もありますし、消化しとかないと上に怒られるんですよ」

「……は？」

「有休。英語で言えばペイド・ホリデー。そういう事であれば、ちょうどいい機会なので地球にもう少し滞在しておこうかなと」

「はぁっ⁉」

「ですから、もう少し私と一緒にいられますよ！　嬉しいでしょう！　さあ、私の胸に飛び込んでらっしゃい！　もちろん性的な意味で！」

「……ふざ」

「ふざ？」

「けるなぁっ！」

「げぅっ！」

気合一閃《いっせん》、フォークをニャルラトホテプの鳩尾《みぞおち》に突き刺す。

「お前がここにいる理由はもうないんだから、とっとと消えろよ……！」

「がはっ、ごふっ、ま、真尋さん、ひどい……さっきはあれほど殊勝だったのに」

「ありゃもう最後だからサービスしてやっただけだ」

「ちょ、ここまで徹底的にフラグを潰す人は初めて見ましたよ！」

「それに、うちには両親が毎年旅行へ行く余裕はあっても、どこぞの宇宙人をホームステイさせる余裕はない」

「……くくく。そんなつれない事を言っていいんですかね、真尋さん？」

突然、ニャルラトホテプが含みを持たせるような発言をした。

「何だよ、どういう事だ」

「確かに真尋さんを狙う組織は壊滅しました。しかし、第二、第三の組織が現れないとも限りません。私の戦いはこれから始まるんです！」

「何だその二巻で打ち切りの少年漫画みたいなの」

「そんなわけで、今度は仕事じゃなく、プライベートで真尋さんをお守りします。ですから、これからもよろしくお願いしますね！」

「お断りだこの野郎！」

きっぱりと拒否するが、ニャルラトホテプは相も変わらず締まりのない笑顔を向けている。

ここにいる事が楽しくて仕方がないといった様子だ。

いったいこの先、自分はどうなってしまうのだろう。

「ちなみに私の有休、地球時間に換算すると三百年ほどありますから。五代先くらいまでお付き合いできますよ。いっぱい赤ちゃん作りましょうね」

「いいからお前もうここからいなくなれよ」

あとがき

初めまして読者の皆様、逢空万太と申します。この度は拙作をお手に取っていただきありがとうございます。お買い上げの方はもっとありがとうございます。

最初にお断りしておきますが、この作品はラヴコメです。いつの時代も不滅のボーイ・ミーツ・邪神《ガール》です。ラヴとコメの間にこっそりクラフトが挟まっていますけど。物語の構造もオーソドックスに勧善懲悪、主人公のニャル子がツンデレヒロインの真尋を守るために獅子奮迅の大活躍……うん、何一つ間違ってないな。

文芸評論家の東雅夫氏が『クトゥルー神話事典』（学研M文庫）の前書きにて、かの名作『デモンベイン』に対して、いい意味で「ラヴクラフトも草葉の陰で卒倒しているだろう」みたいなコメントを記されていますが、こっちは悪い意味で御大が墓から甦って襲いかかってきそうです。このような作品に奨励賞、あまつさえ出版という大英断を下されたGA文庫編集部には敬意を表します。最初にキノコを食べた者のように。毒かもしれないのにな……

ところで最近のライトノベルは語呂がいい四文字のタイトルが多いらしく、ちょっと長いタイトルでも略されるとだいたい四文字になるそうです。となると拙作はどうなるんでしょうか。『這いニャル』？　後ろにアプローチをつけたらギャルゲーみたいですよね。フォーミュラーをつけたら今すげープレミアついてる元祖ＳＤみたいですよね。ファンタジーをつけたら光速の異名を持ち重力を自在に操る高貴なる女性騎士みたいですよね。まあ、なんでも、いいですけれど。

とか書いていたらそろそろまとめに入らなければならない文字数なので、謝辞へ。

担当の松本様。後期選考真っ最中の修羅場にも関わらず何も知らない若造の面倒を見ていただきありがとうございました。初顔合わせの時のイノダコーヒーにて大声でライダートークしていた我々はたぶん引かれていたと思います。でもとても楽しいひとときでした。できれば、またご一緒させていただきたいものです。あと節度を守るとか言っておきながら全然守ってない後書きでごめんなさい。

素晴らしいイラストをつけていただいた狐印様。ニャル子も言うに及びませんが真尋もとても可愛くて、万太は心奪われました。この気持ち、まさしく愛です。ところで絵師が狐印様だと知り合いに言ったらエロ作家認定されました。どうしてそういう事になるのかさっぱり分からないんですが、とりあえず尾てい骨なめプレイは無理にしても触手プレイくらいは書いて小学生のよいこにも買ってもらえるようがんばりますのでこれからよろしくお願いします。

そしてもちろん、こうしてお手に取っていただいた皆様にも最大限の感謝を。失望させないように邁進していきたいと思います。お客様は神様ですってばっちゃが言ってた！

次巻サブタイトルは『ニャル子対アバドン王』です。嘘です。万太は何も考えていません。

ファンレター、作品の感想を
お待ちしています

〈あて先〉

〒106－0032
東京都港区六本木2－4－5
ソフトバンク クリエイティブ（株）
GA文庫編集部 気付

「逢空万太先生」係
「狐印先生」係

http://ga.sbcr.jp/

這《は》いよれ！ ニャル子《こ》さん

発　行　　2009年4月30日　初版第一刷発行
　　　　　2013年3月15日　　第十八刷発行
著　者　　逢空万太
発行人　　新田光敏

発行所　　ソフトバンク クリエイティブ株式会社
〒106－0032
東京都港区六本木2－4－5
電話　03－5549－1201
　　　03－5549－1167（編集）

装　丁　　株式会社ケイズ（大橋 勉／彦坂暢章）

印刷・製本　中央精版印刷株式会社

ISBN978-4-7973-5414-0
Printed in Japan　　GA文庫

オルキヌス 稲朽《いなくち》深弦《みつる》の調停生活

鳥羽　徹　イラスト／戸部　淑

幻獣《オルカ》が棲む島オルキヌスに調停員として赴任した稲朽《いなくち》深弦《みつる》。その職務は、オルカ間のトラブルを調停することだ。だが、実際に出会うオルカは予想の斜め上をいく面々ばかりだし、師事するはずの先輩調停員・秋永《あきなが》壱里《いちり》は失踪中!?　言葉を武器にオルカたちとわたりあう、駆け出し調停員のネゴシエーション・コメディ開幕！！

第１回GA文庫大賞・奨励賞受賞作！